Der neue Nachbar

Titel der Originalausgabe: New Kid in Town
Übersetzung: Roland Renz
Satz: Typo Schröder, Dernbach
Druck: Druckhaus Gummersbach

Printed in Germany
ISBN 3-8149-3022-3

Der neue Nachbar

Janette Oke

Memra-Verlag, Weichs

Kapitel 1

Wie eine schwebende blaßgelbe Blase hing der Mittsommermond am wolkenzerfetzten Himmel. Ich warf einen Blick darauf, doch, anders als sonst, konnte er nicht meine Aufmerksamkeit fesseln, wie er in die schimmernde Wolkendecke ein- und wieder auftauchte. In dieser herrlichen Nacht gab es viel zu viele andere Dinge zu sehen und aufzuspüren. Dinge, die ich nie zuvor gesehen oder gefühlt hatte. Ich atmete tief ein und hielt inne, um mal kurz zu schnüffeln. Ich steckte meine Nase in den weichen, frischen Erdboden unter einem Stück Holz, das halb verfault am Pfad lag, dem ich folgen mußte. Erregende Düfte begegneten mir da, und ich hielt mich auf, um genauer hinzuriechen.

„Toby!"

Mutters scharfe Stimme rief mich zu meinen Pflichten zurück. Mutter konnte Ungehorsam gar nicht leiden, und wenn man der übrigen Familie nachtrödelte, tat man etwas besonders Verbotenes. Ich riß meine neugierige Nase los und trabte wieder die Spur entlang.

Wir befanden uns in der Lehrzeit. Wir waren die Schüler – alle sechs – und Mutter die Lehrerin, und sogar eine gute. Uns war schon beigebracht worden, sorgfältig den Geruch zu prüfen, bevor wir die Höhle verließen, in einer Reihe zu laufen, uns stets langsam fortzubewegen und allezeit auf Mutter zu hören. Sie bestimmte, wann es so weit war, die Höhle zum Abendessen zu verlassen, sie zeigte uns, was für eine Mahlzeit die richtige für uns war, sie führte uns zur besten Tränke, sie wußte, wann es galt, standzuhalten und wann man lieber den Pfad verlassen sollte, wenn einem ein anderes Wesen des Waldes begegnete. Sie entschied auch, wann es für uns so weit war, wieder zu Bett zu gehen, und wenn wir erst einmal auf dem Nachhauseweg waren, duldete sie keine Trödelei. Und jetzt trödelte ich, und ihr Tadel machte ganz klar, daß ich in unserer Marschordnung ans Ende der Heimkehrerreihe verbannt war. Und da lief ich jetzt. Zumindest eine Weile lang. Aber da alle – Basti, Olga, Peter, Paul und die kleine Sally – zwischen Mutter und mir trabten, ließ ich mich sehr leicht ablenken und vergaß, daß ich eigentlich hübsch hinterher marschieren sollte. Ich versuchte es, wirklich. Aber es gab da so interessante Sachen zu riechen und zu sehen, daß es mir sehr schwerfiel, an allem vorbeizugehen. So trabte ich also als letzter in der Reihe vor mich hin und erlaubte mir einen kleinen Ausflug hier und einen kleinen Umweg da. Stück für Stück wurde der Abstand zwischen mir und Mutter mit der übrigen Familie immer länger. Ich konnte mir nicht vorstellen, was sie so schnell nach Hause trieb. Uns erwartete nichts weiter als ein Tag, den wir verschlafen würden.

Ich machte ein bißchen schneller und gab mir Mühe aufzuholen. Ich versuchte, mich darauf zu konzentrieren, meiner Familie zu folgen. Es hätte auch geklappt, wenn ich nicht diese komischen Dinger entdeckt hätte, die gleich an der Ecke von Mr. Willys Lebensmittelgeschäft herumstanden. Daraus drang mir ein herrlicher Geruch entgegen. Ich entschloß mich, mal einen Blick darauf zu werfen. Und das war eigentlich der Anfang all meiner Probleme.

Es war ein neuer, merkwürdiger Geruch, der mir entgegenschlug, aber gleichzeitig so gut, daß mir der Magen knurrte. Was es auch sein mochte, das so gut zu schmecken versprach, es steckte hinter den Bretterwänden der Kisten.

Ich erkletterte eine davon, schob meine Nase unter den Deckel und zwängte meinen Kopf hinein, damit ich besser nachsehen konnte. Ich drängte so stark gegen den widerspenstigen Deckel, daß ich den Boden unter den Füßen verlor und – plumps – auf die harten Leisten des Kistenbodens fiel. Zuerst war ich so dumm, noch zufrieden mit mir zu sein. Ich war dem verlockenden Duft nahe und machte mich eilig über jeden einzelnen Bissen der übriggebliebenen Lekkereien her. Ich hatte keine Ahnung, wovon ich da naschte. Mutter hatte mir noch nie so etwas gezeigt, aber es war sehr lecker. Als ich alles abgesucht hatte, war ich tief enttäuscht, daß es nicht noch mehr gab, auch wenn in meinem vollen Bäuchlein selbst für den kleinsten Happen kein Platz mehr war. Ich mußte mich überzeugen, daß wirklich nichts mehr da war. Dann wollte ich Mutter und der Familie hinterhereilen. Vielleicht würde sie gar nicht merken, daß ich gefehlt hatte, wenn ich Dampf machte.

Ich schnüffelte dann in der Kiste auf der Suche nach dem Ausgang und stellte fest, daß keiner da war – wenigstens nicht da, wo ich herankam. Die einzige Öffnung, die ich überhaupt sehen konnte, war über meinem Kopf. Immer wieder sah ich nach oben und schaute mir den kleinen Spalt an, durch den ich mich gedrängt hatte, um hereinzukommen. Durch diesen schmalen Spalt funkelten immer noch die Sterne, doch ihr Licht wurde schon schwächer, und ich konnte mir denken, daß die Nacht bald dem Tag weichen mußte. Mutter hatte uns immer gern in die Sicherheit unserer Höhle gesteckt, bevor die Wesen des Tages umherzustreifen begannen. Wahrscheinlich suchte sie nach mir und war mir böse, daß ich mich abgesondert hatte. Einen Augenblick lang war ich sogar froh, daß ich vor ihr verborgen war, und ich quetschte mich in die dunkelste Ecke und rechnete jederzeit damit, daß sie ihre Nase durch die Öffnung über mir steckte und mich wegen meiner Unachtsamkeit heftig ausschimpfte.

Langsam verstrich die Zeit. Mutters Ärger machte mir jetzt keine Sorgen mehr. Statt dessen machte ich mir Gedanken, ob sie mich überhaupt finden könnte. Ich schob mich so dicht an die Öffnung wie möglich und machte sogar

ein paarmal den aussichtslosen Versuch hochzuspringen. Es klappte nicht. Ich konnte auf keinen Fall hoch genug springen. Trotzdem wollte ich nicht aufgeben. Ich sprang und krallte mich an die Kistenwände, bis ich erschöpft war. Schließlich gab ich müde und enttäuscht auf und rollte mich in eine Ecke. Ich brauchte ja nur auf Mutter zu warten. Die unangenehmen Latten der Kiste drückten sich in meine Seiten, aber trotz dieser Unbequemlichkeit schaffte ich es einzuschlafen. Hoffentlich dauerte es nicht mehr zu lange, bis Mutter kommen und nach mir suchen würde.

Ein Riesenlärm weckte mich. Die Sonne stand am Himmel und schien kräftig auf die Welt hinab. Jetzt war Schlafenszeit – keine Zeit zum Umherstöbern –, doch um mich herum war alles laut, geschäftige Wesen, die wohl nicht so klug waren, daß sie das wußten. Sie bahnten sich scheppernd und klappernd ihren Weg durch die Kisten.

Erst machte mir das Angst. Wie würde es ausgehen, wenn sie an meine Kiste kämen? Dann machte sich ein kleines Stückchen Hoffnung in mir breit. Natürlich, man würde mich freilassen, und ich konnte dann rasch nach Hause zu Mutter. Hoffentlich fand ich den Weg auch im grellen Sonnenlicht.

Ganz aufgeregt wartete ich, daß sie endlich zu meiner Kiste kamen, aber als es soweit war, wurde ich nicht mal bemerkt, und meine Kiste wurde mit den anderen hochgehoben und aufgestapelt.

Nach einer scheinbar endlosen Zeit knallten die beiden lärmenden menschlichen Wesen ein paar Türen zu, und die Stelle, auf der die Kisten jetzt standen, fing an zu zittern und zu schaukeln, als ein stark brüllendes Geräusch direkt unter mir entstand. Dann spürte ich eine Bewegung, erst langsam, dann immer schneller. Der Wind sauste und heulte durch die Spalten der Kisten. Immer weiter ging es. Ich versuchte zu schlafen, aber das hatte keinen Zweck. Der Lärm und das Rattern hielten mich wach. Ich fragte mich allmählich, ob diese Menschen wohl nie bei ihrer Höhle ankamen. Manchmal wurde es sehr heiß, und ich war dankbar für den kühlen Windzug, der hereinpeitschte. Ich war durstig und müde, und mein vorher voller Bauch war gar nicht mehr so zufrieden.

Endlich hörte der brüllende Lärm auf, und die Menschen fingen nochmals an, die Kisten anzuheben. Wie schön, daß ich wieder zurück war. Jetzt konnte ich von neuem daran denken, meine Mutter wissen zu lassen, wo ich war.

Eine Kiste nach der anderen wurde an ihre Stelle geknallt und gestoßen. Die Menschen hoben sie alle von der lauten, dröhnenden Maschine auf eine Rampe. Zuletzt war meine dran, und wieder hoffte ich, daß sie mich entdeckten. Aber nein. Sie stapelten meine Kiste auf die anderen, knallten die Türen zu, machten wieder den brüllenden Lärm an und verschwanden.

Als der Lärm ganz verschwunden war, drängte ich mich an die Seite der Kiste und schaute in die Welt hinaus. Zu meinem Erstaunen entdeckte ich, daß ich nicht mehr da war, wo alles angefangen hatte. Diese Gegend, wo die Kisten jetzt gestapelt waren, hatte ich tatsächlich noch nie im Leben gesehen. Wie weit war ich denn überhaupt von Mutter und der Höhle weg? Mußte ich weit laufen? Ob ich mich wohl nach Hause durchschnüffeln konnte? Ich ging in eine Ecke zurück und rollte mich so eng wie möglich zusammen. Ich war gezwungen, mein Problem schonungslos anzugehen. Hier lag ich also, mit Schmerzen, Durst und Angst, und vielleicht weit weg von zu Hause. Die harte Kiste hielt mich gefangen. Sie war nicht mal bequem, und es war nichts weiter zu essen drin gewesen, als was ich schon vergangene Nacht darin stibitzt hatte. Der Abend war nahe, und auch wenn ich froh über die kühle Luft war, bekam ich doch schrecklichen Hunger. Meine Instinkte sagten mir, daß jetzt die Tageszeit begann, zu der ich aufbrechen mußte, um etwas Eßbares zu finden – aber wie sollte ich das machen?

Hätte ich doch nur auf Mutter gehört! Sie hatte so oft versucht, mich zu warnen, daß mir meine Neugierde viel Ärger bescheren könnte. Jetzt hatte ich meine Lektion hinter mir, aber gab es überhaupt einen Ausweg für mich?

Ich blickte nach oben zum Deckel. Er war immer noch an der gleichen Stelle, unbefestigt. Durch die Bretter konnte ich den blauen Abendhimmel sehen, in dem sorglos weiße, flauschige Wolken trieben. Mir fielen die Spiele ein, die ich mit meinen Brüdern und Schwestern gespielt hatte. Dabei versuchten wir, in den Wolkengebilden Gegenstände zu entdecken.

„Sieh mal da", fing einer an, „die sieht aus wie eine große Riesenraupe."

„Da drüben", quiekte jemand anders, „seht mal – das ist ein Frosch."

„Und die da – habt ihr gesehen? – direkt da oben. Ein Grashüpfer."

„Wo? Wo?"

„Genau da."

„Ich seh' ihn! Ich seh' ihn!"

Der Gedanke an das Spiel machte mich noch hungriger. Ich versuchte, mich enger einzurollen, damit mein knurrender Magen nicht mehr so weh tat, aber viel schien das nicht zu helfen.

Schließlich gab ich ganz auf und ließ den Tränen freien Lauf. Sie rollten über meine Pelzwangen und platschten auf die schmalen Leisten unter mir. Was würde jetzt wohl mit mir geschehen?

Kapitel 2

Ich schlief unruhig, wurde wach und schlief wieder ein, obwohl mir meine Instinkte deutlich sagten, daß jetzt keine ‚Schlafenszeit', sondern ‚Essenszeit' sei. Es gab aber nichts zu essen, und damit ich meinen quälend leeren Magen vergessen konnte, versuchte ich mit aller Gewalt zu schlafen.

In dieser Nacht wurde mein Schlummer von einem seltsamen Geräusch gestört. Da schnüffelte jemand an den Kisten herum. Zuerst hoffte ich verzweifelt, es wäre vielleicht Mutter, aber ich stellte fest, daß es nicht Mutters Geruch war, der an meine empfindliche Nase drang. Der Geruch war komisch. Eigentlich konnte ich mich nicht erinnern, daß ich ihm schon vorher begegnet war, wenigstens nicht in freier Natur. Das Schnüffeln ging immer weiter: „Schnüffel, schnüffel, schnüffel", und es kam immer näher.

Die Kisten polterten und wurden verschoben, als das Tier sich hin- und herbewegte. Aha, dachte ich, es ist ein großes Tier, wenn es die Kisten einfach so durch die Gegend schieben kann.

Schließlich kam es an meine Kiste. Sein Schnüffeln klang furchtbar aufgeregt. Es machte komische Laute: „Wuff, wuff", und fing an, am Deckel zu kratzen. Obwohl mir alles weh tat, war ich sofort auf den Beinen, denn ich wollte es begrüßen, wenn es vor mir erschien.

Sein Schnüffeln wurde lauter. Immer kräftiger stieß und schubste es. Mit einem Male purzelte meine Kiste und fiel polternd um, und auch ich purzelte und polterte mit. Es war ein fürchterliches Erlebnis. Ich wußte gar nicht, ob das Taumeln und Herumwirbeln überhaupt aufhören würde – aber endlich kam alles zum Stillstand.

Ich erhob und schüttelte mich und versuchte festzustellen, ob vielleicht irgendwelche Knochen gebrochen waren. Alles war anscheinend noch in Ordnung, so daß ich sachte einen Schritt wagte.

Die Kiste lag jetzt auf der Seite. Der Deckel war schief vom Umfallen. Wie überrascht und froh war ich, als ich entdeckte, daß so ein kleiner Skunk wie ich sich da hindurchquetschen konnte. Ich machte mich fröhlich auf und wollte den Versuch machen, als das Schnüffeln wieder anfing.

Wie schön, daß mein Retter noch da war. Ich wollte mich bedanken. Ich wußte zwar nicht, ob meine Stimme noch ausreichte, um meine tiefe Dankbarkeit auszudrücken, aber die Gelegenheit wollte ich nicht versäumen. Ich hatte das Gefühl, als wäre ich zu fast allem fähig als Gegenleistung dafür, daß er mich gerettet hatte. Ich drängte meinen Körper durch die schmale Öffnung und quetschte mich hinaus. Dann ging ich auf meinen Retter zu, der immer noch an der anderen Kistenseite fleißig umherschnüffelte.

Ich hatte wohl erwartet, daß er mich genauso freudig begrüßen würde, wie ich das vorhatte – doch es kam nicht dazu.

Komischerweise sah er mich genau an, stellte seine Ohren auf und ging einen Schritt zurück. Immer noch trabte ich ziemlich wacklig auf ihn zu und wollte ihm unbedingt danken; er aber wollte mich überhaupt nicht anhören. „Jaul“, machte er, drehte ab und verschwand mit eingezogenem Schwanz wie der Blitz. Seine Augen hatten ganz entsetzt geblickt.

Ich weiß nicht, warum er sich so benommen hatte. Man hätte denken können, ich wollte ihm weh tun oder so. Als ich ihn wegrennen sah, fragte ich mich, ob er überhaupt schon mal einem Skunk begegnet war.

Kapitel 3

Am allerwichtigsten nach der Befreiung aus der Kiste war die Suche nach etwas Eßbarem, damit das Nagen in meinem Bauch aufhörte. Ich mußte das sogar noch vor der Suche nach dem Nachhauseweg erledigen. Bestimmt war ich sehr lange gereist, und damit ich die weite Entfernung zurück schaffen konnte, brauchte ich etwas Anständiges zu essen.

Mutter hatte mit unserer Ausbildung eigentlich gerade erst angefangen. Bis ein paar Tage vor meinem schlimmen Abenteuer hatte sie noch für alle Nahrung gesorgt, die wir brauchten. Ich war mir also nicht allzu sicher, was ein wohlerzogener Skunk alles essen durfte. Aber bei diesem knurrenden und murrenden Magen fand ich, daß alles in Ordnung wäre, was ich kauen konnte. Schwierig war es nur, dieses *Etwas* zu finden.

Steif und zitternd machte ich mich auf die Suche. Ich schnüffelte in den leichten Wind, der aus der Richtung kam, die ich eingeschlagen hatte, aber es lagen keine Essensdüfte in der Luft. Ich drehte mich einmal im Kreise und schnüffelte dabei, doch immer noch spürte ich keinen Duft auf. Jetzt wußte ich nicht mehr, wohin ich mich wenden sollte, ging aber einfach los. Vor mir konnte ich Grünzeug sehen, hohe Bäume und buschige Sträucher. Hoffentlich gab es da Waldlebewesen und Nahrung für einen jungen Skunk. Ich überredete meine Beine zu einem leichten Trab.

Als ich den Waldrand erreichte, stürzte ich mich kopfüber in das Unterholz, in der kühnen Hoffnung, daß mein geräuschvoller Auftritt etwas Eßbares aufschrecken – nicht abschrecken – würde. Es wurde eine Enttäuschung. Nichts rührte sich. Ich wurde langsamer und schnüffelte beim Vordringen mal hier-, mal dahin.

Vieles, was ich roch, war mir fremd. Ganz in der Nähe lebten andere Tiere. Das sagten mir die Gerüche. Wenn ich doch nur eins gefunden hätte, damit ich es fragen konnte, wo die Speisekammer war. Doch so lebendig und frisch die Gerüche waren, so unerreichbar blieben sie für mich. Ein- oder zweimal merkte ich sogar, wie sich ganz dicht vor mir Büsche oder Gräser bewegten, aber nie konnte ich jemanden entdecken.

So ging ich immer weiter und kam immer tiefer in den Wald. Fast wollte ich aufgeben, als ich an eine Stelle mit wilden Erdbeeren kam. Vor mir hatten sich schon größere Tiere darüber hergemacht, wie ich an den zertrampelten Pflanzen sehen konnte. Aber wer es auch gewesen war, man hatte mir ein paar Beeren hier und da übriggelassen, und ich huschte hin und her und naschte daran. An ein paar Beeren klebte sogar eine Ameise oder andere Insekten. Das war nicht schlecht, aber bei meinem leeren Magen gab es nicht viel her. Immer noch grummelte mein armer Bauch, selbst als ich jede Beere verschluckt hatte, die ich finden konnte.

Als ich mich davon überzeugt hatte, daß jede einzelne Beere auf dem Flecken verspeist war, machte ich mich wieder auf. Ich fand ein oder zwei Heuschrecken am Wege und ein paar Maden, die offen dalagen, nachdem wohl ein größeres Tier ein Stück Holz umgedreht hatte.

Und weiter ging ich. Meine müden Beine lechzten nach Ruhe, doch mein hungriger Magen bettelte um Nahrung. Hätte ich doch nur etwas gefunden, wenigstens Wasser. Dann hätte ich meinen Magen mit der Flüssigkeit füllen und ihn vielleicht überzeugen können, daß dieses Wasser vorerst genug für ihn wäre.

Ich schaute auf zum Himmel. Jetzt war der Mond in den Westen gewandert. Genau wie ich sah er müde aus und war drauf und dran, ins Bett zu gehen. Bald würde die Sonne aufgehen, sich recken und strecken und beim Aufstehen die Vögel und andere Wesen des Tages wecken. Ich mußte ein Schlafplätzchen finden. Es war zu spät geworden, um mit der Suche nach Mutter und meiner Familie anzufangen. Ich mußte warten, bis der Mond ein nächstes Mal den Himmel erkletterte. Dringend wünschte ich mir, vorher noch ein Häppchen für meinen leeren Magen zu finden.

Ich hastete weiter und zwang meine Beine, sich zu bewegen. Der Mond verschwand hinter den Bäumen im Westen, und die goldenen Strahlen der Sonne berührten den östlichen Himmel. Sie verkündeten, daß bald die Sonne selbst ihren täglichen Auftritt haben würde.

Es gab kein Wasser. Es gab kein Essen. Ich brauchte dringend Ruhe und ein Fleckchen, um die Stunden des Tages im Verborgenen zu verbringen.

Ich steckte meine Nase in die Gräser und leckte durstig die Tautropfen auf. Das reichte nicht, war aber wenigstens etwas. Ich kaute an ein paar Grashalmen. Ich konnte mich nicht erinnern, ob Mutter gesagt hatte, Gras käme auf unserem Speiseplan vor, aber wenigstens füllte es den Magen. Beim Verschlucken des ekligen Zeugs schnitt ich Grimassen, und trotzdem zwang ich noch ein paar Happen herunter. Ich konnte mir nicht vorstellen, daß es Tiere gab, die so etwas aushalten konnten. Das war ja furchtbar. Der Tau an den Gräsern machte das Ganze etwas erträglicher.

Als ich soviel gegessen hatte, wie ich ertragen konnte, schüttelte ich mich, würgte den letzten Bissen herunter und machte mich auf die Suche nach einem Schlafplatz. Ach, was hätte ich für eine zurückgezogene, gemütliche Höhle gegeben! Ich hatte keine Ahnung, wo ich nach so einem Plätzchen forschen mußte. Ich fragte mich, ob eines der unsichtbaren Tiere, die im Waldgebiet lebten, seinen Platz mit mir teilen würde – natürlich nur so lange, bis ich einen eigenen gefunden hatte. Es gab aber niemanden, den ich fragen konnte. Nie zuvor hatte ich mich so einsam und verlassen gefühlt. Warum auch, immer war mir der Wald als der freundlichste Ort vorgekommen, an dem man überhaupt sein konnte. Bei uns wimmelte es nur so von geschäftigem Treiben. Sicher, Mutter und wir alle waren immer ziemlich unter uns geblieben, aber die anderen Wesen nahmen wir doch deutlich wahr. Jetzt kam es mir so vor, als sei ich völlig allein. Kein anderes Wesen trieb sich herum, weder im Gras noch im Geäst. Ich wußte gar nicht, was schlimmer war – der Hunger, der in meinen Eingeweiden nagte, oder die Einsamkeit, die mir das Herz schwermachte.

Ernsthaft fing ich mit der Suche nach einer geeigneten Höhle an, denn die Sonne sagte mir, daß ich mit meiner Schlafenszeit überfällig war. Ich fand nichts. Mutter hatte uns noch nicht beigebracht, was man tun mußte, um ein Zuhause zu finden und einzurichten. Ich wollte beinahe aufgeben, als ich einen verrotteten Baumstamm fand, der unbewohnt aussah. Ich kroch hinein. Eine Höhle hätte aber mit weichem Gras und Moos gefüttert sein müssen, damit sich das Bett bequem genug anfühlte. Ich war mir bloß nicht sicher, wie ich das anstellen sollte. Selbst wenn ich es gewußt hätte, war jetzt keine Zeit mehr für eine Suche da draußen nach dem richtigen Bettzeug. Ich rollte mich also einfach am hinteren Ende der Öffnung zusammen und versuchte einzuschlafen. Der hohle Baumstamm war fast so unbequem wie die Kiste in der Nacht zuvor. Meine wunden und schmerzenden Knochen und Muskeln protestierten gegen mein hartes Bett. Die Einsamkeit ging mir durch und durch. Mir war zum Weinen zumute, aber das wollte ich mir doch nicht erlauben. Wenn ich es bloß aushalten könnte, bis der Mond wieder aufging! Dann würde ich mich satt essen und zu Mutter, nach Hause aufbrechen. Wie ich so nachdachte, kamen mir ernste Zweifel. Ich war doch wohl ganz allein. Ich hatte keine Ahnung, welche Richtung ich einschlagen sollte. Vielleicht würde ich nach vielen durchsuchten Nächten meiner Mutter noch kein Stück näher sein. Ich war verirrt und allein. Ganz gegen meinen Entschluß rollte mir eine

Träne aus dem Auge und tropfte auf meine Pfote. Dann kreischte ein Häher, der wohl schimpfte, weil jemand einen Fehler gemacht hatte. Das Geräusch war mir willkommen. Wenigstens gab es in diesem Wald Leben. Ich schniefte, bis die Tränen versiegten, und dann rollte ich mich zum Einschlafen zusammen.

Kapitel 4

An diesem Tag habe ich tief geschlafen. Ich glaube, daß ich mich im Schlaf hin- und hergeworfen und -gewälzt habe, weil mein hartes Bett nach dem Aufwachen zerkratzt und zerschabt aussah. Wieder war ich ganz steif und zerschlagen. Ich streckte meine Muskeln und versuchte, den Schmerz von ihnen abzustreifen. Es klappte nicht. Ich mußte wohl damit leben. Vorsichtig verließ ich meine Schlafhöhle und wiegte mich in der albernen Hoffnung, daß mein Frühstück vielleicht direkt am Ausgang auf mich wartete. Ich wollte es nicht verschrecken, bevor ich mich daran gütlich tun konnte. Aber es war gar nichts da.

Eine nette Überraschung gab es doch. Zwei Kaninchen spielten nicht weit von meinem Baumstamm entfernt. Eilig sauste ich hervor und hoffte, ihre Bekanntschaft zu machen. Doch ein heftiges Klopfen ihrer Mutter mit den Hinterbeinen ließ sie auffahren und schleunigst in ein Versteck huschen. Das machte mich traurig. Ich wollte mich doch so gern mit ihnen unterhalten. Warum waren sie weggerannt? Mir schien beinahe, sie gingen mir absichtlich aus dem Wege. Aber ich hatte doch nichts getan, was sie beleidigt hätte. Außer vielleicht, daß ich in ihrer Höhle geschlafen hatte, ohne es zu wissen. Vielleicht sollte ich nach einem anderen Stamm suchen. Ich legte es nicht auf Mißverständnisse mit meinen neuen Nachbarn an, besonders deshalb nicht, weil ich ihre Hilfe brauchte, um nach Hause zu finden. Aber erst mal brauchte ich etwas zu essen und zu trinken.

Ich brach auf und ließ mich von meiner Nase leiten. Ich fürchte, ich hatte wirklich keine großen Hoffnungen, aber ich war noch nicht weit gekommen, als ich so etwas wie Wasser erschnüffelte. Ich lief weiter. Ja, bestimmt, das war Wasser. Schneller! Ich mußte meine Richtung leicht ändern, weil ich ein wenig zu weit in Richtung Norden geraten war, und beinahe hätte ich die Wasserstelle ganz verpaßt. Als ich mich richtig orientiert hatte, fand ich einen kleinen Bach. Welch ein schöner Anblick! Ich beeilte mich, eine Stelle zu finden, wo ich ohne ein gleichzeitiges Bad an das Wasser konnte. Es gab einen ziemlich stark benutzten Pfad zum Ufer, und ich schritt darauf vorwärts. Ich machte mich lang und achtete darauf, mich nicht zu weit vorzubeugen. So kam ich mit meiner Zunge an das frische Naß. Wie schön, daß ich Wasser gefunden hatte. Und das auch noch so dicht bei meiner Höhle! Dann erinnerte ich mich daran, daß ich diesen Wasservorrat nicht weiter brauchen würde, weil ich mich ja nach Hause aufmachen wollte. Immerhin, sagte ich mir, ist es gut, davon zu wissen, falls ich meinen Aufbruch verschob.

Weil die Nacht wolkig war, machte der Mond den Weg nicht besonders hell. Ich mußte mich beim Laufen fast ganz auf Nase und Instinkt verlassen. Das war nicht leicht für mich, obwohl ich mir ziemlich sicher war, daß Mutter es ohne Schwierigkeiten geschafft hätte. Ich folgte dem Bachlauf und kam zu einem kleinen Teich. Sehr hübsch anzusehen, aber ich hatte wirklich keine Zeit, voller Bewunderung davor stehenzubleiben.

Du mußt etwas zu essen finden, sagte ich mir und ging weiter. Ein lautes Platschen erschallte fast zu meinen Füßen. Dann kam das nächste, ein wenig entfernter. Ich verhielt mich stockstill und horchte. Kein Geräusch drang durch die Stille. Ich konnte nichts weiter tun als zittern. Nach ein paar Minuten wurde die Stille von einem „Quak" durchschnitten. Dann das nächste, und noch eins, und schon wieder. Von überallher erscholl der Chor. Frösche! Ich dachte an meinen ersten nächtlichen Ausflug mit Mutter. In dieser Nacht hatten wir uns an Fröschen sattgegessen. Sie waren köstlich gewesen. Hier war also mein Frühstück, gleich am Wasser.

Im Dunkeln lächelte ich vor mich hin. Wie gut, daß ich mir jetzt den Bauch vollschlagen konnte, nach so einer langen, langen Zeit des Ausharrens mit leerem Magen. Ich veränderte meine Lage ganz leicht, um mich für das Festmahl besser zu postieren, und hörte es von allen Seiten platschen. Das Quaken verstummte. Ich wartete. Die Frösche warteten auch. Ich dachte schon, sie würden nie mehr weitermachen. Endlich quakte wieder einer, doch der Klang verriet mir, daß er am anderen Ende des Teiches war. Der Weg zu ihm schien mir weit, aber ich brach auf. Als ich die andere Seite des Tümpels erreicht hatte, waren drei oder vier weitere in sein Abendlied eingefallen. Ich stürzte mich auf den, der sich besonders fett anhörte. Kurz vor dem Zuschnappen gab es ein lautes Platschen.

Das war ich selbst gewesen. In meiner Eile, den Frosch zu erwischen, hatte ich nicht mehr auf die steile Uferböschung geachtet. Mein Platscher wurde von vielen weiteren begleitet. Angewidert kroch ich aus dem Wasser und schüttelte geräuschvoll meinen Pelz trocken. Die Frösche blieben still. Ich ärgerte mich darüber, mich so naß gemacht zu haben. Ich konnte das Gefühl, naß zu sein, nicht leiden, zumal mein Fell davon schwerer geworden war. Eifrig fuhr ich fort, das Wasser abzuschütteln.

Gleichzeitig wartete ich darauf, daß die Frösche wieder mit dem Quaken anfingen. So verging die Zeit, und immer noch gaben sie keinen Laut von sich. Ich entschloß mich, ganz stillzubleiben und zu horchen. Es dauerte ein paar Minuten, aber dann geschah es. Da, ein Quaken, wieder eins, noch eins, aber jetzt am *anderen* Teichufer.

Ich stieß einen schweren Seufzer aus und lief wieder herum. Ich legte den ganzen Weg zurück, wurde aber nur von Platschern empfangen. Wieder war ich zum Abwarten gezwungen, und natürlich waren die Frösche wieder auf der anderen Seite, als sie mit ihrem Lied begannen.

Zögernd fing ich von vorn an. Platsch, immer wieder platsch. Ich wartete. Wieder das Gequake. Noch mal um den Teich. Und wieder platsch. Und jetzt wurde ich sehr hungrig. Das Gerenne um den Teich machte mich nicht nur hungrig, sondern auch wütend. Hin und her lief ich, und nichts als Geplatsche und dann wieder Stille. Kein einziger Frosch, der sich neben mir rührte. Schließlich erkannte ich, daß ich der Verlierer bei diesem Frühstückswettbewerb war, und ich drehte dem ganzen Gesindel den Rücken zu und verließ den Teich. Man begleitete meinen Abgang mit einer Serenade, aber ich ließ mich nicht zur Rückkehr verleiten. Bestimmt lachten sie mich mit jedem Quaken aus.

Die Frösche wollten nicht mein Frühstück sein. Was dann? Ich entschied mich für etwas, das nicht schwimmen konnte. Anscheinend hatte ich die besten Chancen bei irgendeinem Beerenbeet. Ich hielt meine Nase in die Luft, um eins zu erschnüffeln. Ich roch nichts, was als Mahlzeit getaugt hätte. So schleppte ich mich weiter und steckte meine Nase in alles, was eßbar zu sein versprach. Im allgemeinen verlief das enttäuschend, obwohl ich hier und da eine Grille und gelegentlich eine Made fand.

Ich dachte schon ans Aufgeben, als ich völlig unerwartet in eine aufregende Entdeckung hineinstolperte – die Reste von einem Picknick. Da lagen Brotrinden, zwei Apfelgehäuse, eine Bananenschale, ein paar Krümel eines leckeren Kuchens und eine ganze Wassermelonenscheibe. Es war wie ein Festessen. Als ich fertig war, fühlte ich mich ganz satt. Ich entschloß mich, noch einmal zum Trinken am Teich haltzumachen und dann meinen Stamm aufzusuchen. Es war jetzt viel zu spät geworden, um nach Hause aufzubrechen, und ich hatte immer noch keinen gefunden, den ich nach der Richtung fragen konnte.

Als ich mich dem Teich näherte, hörten die Frösche mit ihrem Gequake auf und platschten noch lauter ins Wasser als sonst. Es störte mich nicht im geringsten. Mein Bauch war voll, und ich war zufrieden. Sie konnten von mir aus ruhig sitzenbleiben, solange sie wollten. Mir machte das gar nichts aus. Nur, um mir einen Spaß zu machen, wartete ich, bis ich ein tiefes Quaken gleich neben mir hörte, dem das nächste auf meiner anderen Seite folgte. Dann holte ich aus und platschte mit meiner Pfote voll auf das Wasser. Schreckhafte Sprünge explodierten förmlich um mich herum, und die Platscher im Teich hörten sich an wie ein plötzlicher Regensturm. Ich grinste in die Dunkelheit und bummelte heimwärts zu meinem Baumstamm.

Kapitel 5

In meiner zweiten Nacht im Baumstamm war mein Bett kein bißchen bequemer geworden. Ich wand und drehte mich angestrengt, um die richtige Schlafstellung zu finden. Anscheinend war da immer irgendein Knoten oder Zweig, der mir in die Seite stach oder meinen Rücken piekste. Mir wurde klar, daß ich unbedingt etwas machen mußte, um mir ein weicheres Bett zu bauen, wenn ich noch ein paar Nächte im Stamm verbringen wollte. Allerdings wollte ich nicht lange hierbleiben. Da hatte es nicht viel Zweck, die Zeit damit zu verschwenden. Ich rollte mich zusammen, machte es mir so bequem wie möglich und schloß meine Augen. An die Kanten, die überall drückten, versuchte ich nicht zu denken. Endlich schlief ich trotz alledem ein, und ich wurde erst wach, als die Luft kühler wurde und mein Bauch mir sagte, daß es Zeit war, mich wieder zu rühren.

Ich schlug gleich die Richtung zum Teich ein. Ich wußte, daß er durch das Bachwasser stets neu gefüllt wurde. Und auch die Frösche lebten da – doch ich hatte vor, sie völlig außer acht zu lassen. Ich war entschlossen, so schnell wie möglich zu meinem Frühstück zu kommen. Dann konnte ich die restliche Zeit der Suche nach einem Tier widmen, das mir einen Rat geben würde, wie ich am besten Mutter und die Familie wiederfand.

Das Wasser wartete nur darauf, getrunken zu werden. Ich trank mich satt und kehrte dann dem lärmenden Chor im Teich meinen Rücken zu. Ich hatte nicht vergessen, wie gut eine Froschmahlzeit schmeckte aber auch nicht die Demütigung der vergangenen Nacht, als ich meine Fangversuche gemacht hatte. Ich wollte mich mit Maden, Grillen und Beeren zufriedengeben.

Die Jagd lief nicht so recht. Es kostete mich die halbe Nacht, fünf Maden und drei Grillen zu finden. Mein Magen grummelte noch, als der Mond schon weit im Westen stand. Und was noch schlimmer war, die Wolken, die schon die ganze Nacht bedrohlich am Himmel standen, fingen jetzt an, die Welt mit einem stetigen kalten Nieselregen zu begießen. Ich wußte wohl, daß mein Pelz das Wasser in gewissem Maße abhielt, aber ich hatte keine Lust, naß bis auf die Knochen in mein Bett zurückzukehren. Ich machte mich zu meinem Stamm auf. Immer noch hatte ich Hunger, und es war mir nicht gelungen, einem anderen Waldbewohner so nahe zu kommen, daß ich ihn nach dem Nachhauseweg fragen konnte. In einiger Entfernung hatte ich drei Kaninchen bemerkt. Ich rief sie an, aber sie drehten sich nur flüchtig nach mir um und machten sich aus dem Staube. Ich sah auch eine Eule, doch sie war zu sehr mit der Jagd nach ihrem Essen beschäftigt, als daß sie mich beachtet hätte.

Kurz vor Sonnenaufgang kehrte ich zu meinem Baumstamm zurück und richtete mich darin ein. Ich wünschte mir so sehr, daß mein Bett weicher wäre. Es war aber jetzt zwecklos, nach irgendwelchen Stoffen zu suchen, mit denen ich das schaffen konnte. Alles, was zu finden war, mußte klatschnaß sein. Wieder sehnte ich mich nach Mutters warmem, gemütlichen Bett und dem Gefühl von Sicherheit, das von ihr ausging. Ich war ganz sicher, wenn Mutter bei mir wäre, hätte ich nicht hungrig zu Bett gehen müssen. Ich ließ den Gedanken fallen und konzentrierte mich auf das Einschlafen.

Mein Hunger machte mich wach. Als ich aus meinem schützenden Stamm hervorschaute, entdeckte ich, daß es immer noch regnete. Ich schauderte bei dem Gedanken, in den Regen aufbrechen zu müssen, aber ich brauchte etwas zu

essen. Zum Trinken schlug ich wieder den Weg zum Teich ein.

Schon bevor ich den Teich erreichte, erfaßte mich die Aufregung. Eine Jagd im Regen war eigentlich gar nicht so schlecht. Überall wimmelte es von kriechenden Dingern, die nach einem leckeren Frühstück aussahen. Man bedenke, ich mußte schrecklich viele sammeln, um den Mund vollzubekommen, aber eins kam zum anderen. Ich wagte nicht, sie auf meinem Weg zum Trinken liegenzulassen, denn ich wußte nur zu gut, daß sie vielleicht nicht mehr da waren, wenn ich soweit war, mich ihnen zuzuwenden. Darum lief ich langsam und suchte beim Gehen sorgfältig alles um mich herum ab. Es dauerte lange, bis ich am Teich war. Bis dahin war ich gründlich durchnäßt, aber auch wenn ich zitterte, sah ich lieber über *diese* Unannehmlichkeit hinweg, indem ich mich voller Erregung um die *andere* Sorge kümmerte – daß ich meinen nagenden, grummelnden, hungrigen Magen vollbekam. Ich nahm schnell ein paar Schlucke Wasser und jagte weiter.

Ich war noch nicht weit gekommen, als ich ein Stachelschwein sah. Es suchte auch eifrig nach seiner Nahrung. Ich war so begeistert über die Begegnung, daß ich mich zurückhalten mußte, um nicht meine Begeisterung laut hinauszurufen. Allerdings lief ich schneller, und als ich ihm nahe kam, rannte ich fast.

Es sah plötzlich auf und machte große Augen. Es wich ein paar Schritte zurück. Sein Gesichtsausdruck ließ mich langsamer werden. Plötzlich wirbelte es herum. Ich konnte nicht einmal „Guten Tag" sagen oder nach dem Weg zu meiner Mutter fragen, denn es verschwand. Mir war zum Heulen zumute, als ich es fortlaufen sah. Was war denn hier mit allen los? Warum wollten sie nicht mit mir sprechen? Oder stimmte mit mir etwas nicht? Zum Frühstücken hatte ich keine Lust mehr. Ich war noch nicht ganz satt, doch ich war naß und einsam und unglücklich. Also ging ich zurück zum Baumstamm.

Als ich in den Stamm einstieg und in seiner Tiefe meine Ecke aufsuchte, verspürte ich so etwas wie ein „heimatliches“ Gefühl. Auch wenn ich Mutter und die Familie nicht mehr hatte, selbst keine Freunde, hießen mich doch selbst die unbequemen Knoten und Beulen im Stamm willkommen. Wenigstens hier fühlte ich mich sicher und, merkwürdig genug, sogar zu Hause. Ich entschloß mich, falls der Regen abends aufhören sollte, auf die Suche nach irgendeinem geeigneten Polstermaterial zu gehen, um damit ein warmes, gemütliches Bett einzurichten. Vielleicht mußte ich letzten Endes doch noch ein paar Nächte im Stamm verbringen.

Kapitel 6

Am Abend hatte der Regen aufgehört, doch immer war alles noch sehr naß. Ich wußte, daß es keinen Zweck hatte, mir das Bett auszupolstern. Also brach ich lieber zum Teich auf. Ich war hungrig. Letzte Nacht hatte ich nicht genug gegessen. Eigentlich war ich nur in einer Nacht wirklich satt geworden, seit ich von Mutter fort war. Hoffentlich wurde das besser. Es mußte doch hier im Wald Essen im Überfluß geben. Noch bevor ich am Teich ankam, hörte ich die Frösche quaken. Und dann, plötzlich, war alles ruhig. Und wieder der Froschgesang. Dann ein Platscher, gefolgt von noch viel mehr Platschern. Und wieder Stille. Ich blieb horchend stehen und erlebte, wie sich das in dieser Reihenfolge immer wieder abspielte. Meine Neugierde trieb mich hin. Ich wußte, daß ich zu weit weg war und deshalb nicht der Grund sein konnte, weshalb alles ruhig wurde und dann wieder quakte. Ich muß ein ziemlich unbeholfenes Bild gemacht haben, als ich aus dem Unterholz hervorbrach. Wieder diese Platscher.

„Blödian", ließ sich eine wütende Stimme hören. Auf einem umgestürzten Baum am Teichufer hockte ein großer Waschbär und sah ärgerlich aus.

Ich machte halt.

„Sieh mal, was du gemacht hast", fuhr er fort. „Fast hatte ich den größten vom ganzen Haufen erwischt, als du angestürmt kamst wie ein Irrer und sie zu Tode erschreckt hast. Bestimmt stecken sie jetzt die ganze Nacht ihren Kopf nicht mehr aus dem Wasser."

Entrüstet machte er ein zischendes Geräusch, hüpfte vom Ast und verschwand im Unterholz. Ich hatte nicht mal die Chance, ihm zu sagen, daß es mir leid tat.

Es tat mir *wirklich* leid. Ich hatte keine Ahnung, daß mein Lärm ein mögliches Frühstück fortjagen konnte. Wie sollte ich wissen, daß die blöden alten Frösche den Waschbär nicht beachteten? Sie würden sich die ganze Nacht nicht mehr zeigen, hatte der wütende Waschbär prophezeit. Aber das stimmte doch nicht. War ich nicht eine halbe Nacht lang hin- und hergejagt, hatte ich nicht viel Lärm gemacht und sie immer wieder ins Wasser gescheucht? Und trotzdem kamen sie immer wieder hoch. Ach, sie brauchten natürlich ein Weilchen, aber sie kamen immer wieder. Woher sollte ich wissen, daß Frösche keinen Lärm leiden konnten?

Plötzlich traf mich ein Gedankenblitz. Vielleicht war das ja mein ganzer Ärger gewesen. Vielleicht mußte man äußerst ruhig sein, wenn man Frösche fangen wollte. Ich wagte den Versuch. Das bewegungslose Stehen und Warten in absoluter Stille machte mich beinahe fertig. Es zuckte in meinen Beinen, mein ganzer Körper verlangte nach einer Bewegung, doch ich zwang mich zur Beherrschung. Es machte mir keinen Spaß, mein Frühstück so zu erjagen, aber wenn es so sein mußte, wollte ich es durchhalten.

Es dauerte fast eine Ewigkeit, bis ein Frosch anfing zu quaken, aber er war natürlich am anderen Teichufer. Von der letzten Erfahrung her wußte ich noch, daß es mir nichts einbringen würde, wenn ich herumrannte und nach ihm suchte. Ich überredete mich also, ruhig zu bleiben. Bald fing ein anderer Frosch mit dem Gequake an, und noch einer, und noch einer, und mit jedem Male kam es mir ein bißchen näher vor. Endlich fing noch einer an, nur ein paar Schritte rechts von mir. Ich strengte in der Dunkelheit Augen und Ohren an. Da, ein Kopf! Der Frosch beachtete mich anscheinend gar nicht, als er aus voller Kehle ins Lied einstimmte. Beim Quaken schwamm er sogar ein wenig, immer ein Stückchen weiter in meine Nähe.

Jetzt konnte ich nicht mehr stillhalten. Ich spürte schon den leckeren Geschmack auf der Zunge. Ich sprang ihn mit ausgestreckten Pfoten an, um ihn aus dem Wasser zu schubsen. Vorbei! und mit erschrockenem Quaken und lautem Platschen war der Frosch verschwunden – wie alle seine Brüder und Schwestern, Tanten und Cousinen. Ich sah keinen Kopf, hörte kein Quaken mehr. Da verließ ich den Teich. Was mich anging, konnte der Waschbär das ganze Gesindel haben. Es klappte nicht – ob man nun viel Radau machte oder so still stand wie ein Denkmal. Frosch ist Frosch!

In dieser Nacht hielt ich mein Frühstück woanders. Das Gras tropfte, und mein Pfad war übersät mit kleinen Pfützen. Wenigstens gab es noch die Maden und andere Krabbeltiere. Es dauerte lange genug, bis ich so viele gesammelt hatte, daß mein Hunger gemildert war. Und dann, weil der Aufgang der Sonne bevorstand, eilte ich zu meinem Stamm.

Ich war noch nicht weit gekommen, als ich in den Büschen vor mir ein leichtes Rascheln hörte. Ich hatte aus der Begegnung mit Herrn Waschbär gelernt. Deshalb schlich ich sehr vorsichtig weiter. Zwei Kojoten spielten im Unterholz. Sie waren noch im Flegelalter, und als sie so herumtollten und sich balgten, wollte ich am liebsten mitmachen. Wenigstens ein paar Freunde! Voller Eifer zeigte ich mich, um ihre Bekanntschaft zu machen. Ich hatte ihre Mutter übersehen, die nur ein paar Schritte von ihrem Spielplatz entfernt lag. Ich bemerkte sie aber schnell genug, als ich ihr scharfes Kläffen hörte und sie aufspringen sah. Heftig wechselte sie ein paar Worte mit ihren Jungen, die wie der Blitz hinter ihr herliefen. Kaum hatte ich Zeit, Luft zu holen, da waren schon alle drei verschwunden.

Ich bummelte nach Hause. In diesem neuen Wald gab es anscheinend keine Freunde für mich. Ich verkroch mich in meine Baumhöhle und versuchte einzuschlafen. Immer noch knurrte mein Magen ein bißchen; wieder war ich müde und naß. Doch das allerunglücklichste Gefühl war die Einsamkeit. Wenn doch nur jemand mit mir reden würde! Wie ein Ball rollte ich mich zusammen und gestand mir ein paar Tränen zu. Nach dem Weinen fühlte ich mich etwas besser, machte es mir bequem und schloß meine Augen zum Schlaf.

Kapitel 7

Ich hatte mich damit abgefunden, als Einzelgänger zu leben. Es sah ganz so aus, als ob niemand im Wald mein Freund sein wollte. Obwohl ich das nicht verstehen konnte, sah ich ein, daß ich mich damit abfinden und allein weitermachen mußte.

Am nächsten Abend stand ich ein bißchen früher auf, weil ich endgültig mein Bett auspolstern wollte, solange das Material dazu schön trocken war. Fleißig schleppte ich Blätter und Moos herbei und versuchte, alles so zu verteilen, wie Mutter es gemacht hatte. Ich bekam es nicht ganz richtig hin, doch schließlich war es spürbar besser.

Als ich damit zufrieden war, getan zu haben, was ich konnte, machte ich mich wieder zum Teich auf. Ich trank mich satt. Dabei war ich wieder dem Geplansche der Frösche ausgesetzt, die mich wohl aus ihrer sicheren Zuflucht im Teich necken wollten. Beim Gedanken daran, was für ein leckerer Happen sie sein mußten, leckte ich mir die Lippen.

Sie müssen gedacht haben, daß sie mich zur Genüge kannten und wußten, daß ich ihre Sicherheit nicht ernstlich bedrohen konnte. Denn sie warteten kaum ab, bis ich fertig getrunken hatte, und fingen gleich wieder an zu quaken. Ein paar davon waren ganz in meiner Nähe, und das machte mich wütend. Statt mich zu verdrücken, blieb ich regungslos stehen. Wenn es auch schwerfiel, wartete ich geduldig, bis ein Quakfrosch dicht an mir vorbeischwamm. Mit aller Kraft, die ich aufbringen konnte, sprang ich ihn direkt an.

Mit einem Riesenplatsch landete ich im Wasser. Gleich darauf folgte der Platscher des Frosches und das übliche Geplansche rund um den Teich.

Ich strampelte ans Ufer und schüttelte meinen nassen Pelz. Dann schlug ich den Weg zum alten Beerenplatz ein. Vielleicht waren ein paar neue Beeren an den Büschen gewachsen.

Die Ausbeute war mager. Ich fand nur ein paar, und die waren klein und grün. Sie schmeckten nicht besonders. Ich fand noch ein paar Grillen und auch hier und da einen Käfer. Beim Gedanken an die Reste vom Picknickessen, das ich gefunden hatte, wurde ich ganz niedergeschlagen. Ich konnte mir nicht vorstellen, daß ich ein zweites Mal so ein Glück haben würde, aber es konnte nicht schaden, wenn ich nachschaute. Ich machte mich auf zu dieser Stelle.

Was für eine frohe Überraschung! Es hatte noch ein Picknick gegeben! Wahrscheinlich sogar viele. Ich stellte auch fest, daß noch andere Tiere gemerkt hatten, was für ein Vorteil ihnen hier geboten wurde. Zwei Waschbären stritten sich um eine große Tonne, in der wohl gute Sachen steckten. Ein Opossum ließ es sich in einer kleineren Tonne schmecken, ganz in meiner Nähe. Leise beobachtete ich sie. Wahrscheinlich würden sie mir nichts abgeben. Sie langten immer noch tüchtig zu, als eine große Bärin mit zwei Jungen sich der Picknicktafel näherte. Die Waschbären fingen gar nicht erst an, für ihr Recht zu kämpfen. Ein Brummen der großen Bärin genügte, und sie überließen ihr die Tonne ohne Muckser. Auch das Opossum suchte das Weite. Als nun die anderen verschwunden waren, sah es so aus, als gäbe es so viel Essen, wie die Bärin und ihre Jungen gar nicht verdrücken konnten. Ich wollte beim Wühlen und Kramen in der großen Tonne nicht stören, aber ich konnte nicht glauben, daß sie etwas dagegen hätte, wenn ich mal eben nach der kleinen schaute. Ich schlich sehr leise herbei, weil ich weder sie noch ihre quengeligen Jungen stören wollte. Fast war ich schon an der kleinen Tonne, als die Bärin hoch-

fuhr und eifrig zu schnuppern begann. Erschrocken brummend ließ sie von der Tonne ab und war verschwunden; genauso die beiden Jungen, die schnell trippeln mußten, um mitzukommen. Ich weiß nicht, aus welchem Grunde sie das Weite suchten. Es lag wahrscheinlich wieder mal an mir. Hoffentlich hatte ich sie nicht irgendwie beleidigt. Ach, vergiß es, sagte ich mir. Ich wandte mich dem Essen zu. Bei ihrem hastigen Abgang hatte die Bärin die Tonne umgeworfen, was mir sehr zugute kam. Ich brauchte nur hineinzugehen und mir den Inhalt gründlich vorzunehmen.

Junge, waren da tolle Sachen drin! Ich wollte meinen Augen nicht trauen. Ich schmeckte in dieser Nacht Sachen, die ich noch nie gegessen hatte. Als ich soweit war, zu meinem Baumstamm zurückzuwollen, platzte mein Bauch beinahe. Ich konnte mich nur noch dahinschleppen. Die Augen fielen mir fast zu. Nichts macht so müde wie ein voller Bauch. Ich konnte es kaum erwarten, in mein Bett zu fallen.

Der Stamm sah so einladend aus, als ich endlich ankam. Ich drängte mich hinein. Im engen Einstieg schleifte mein Bauch an dem Rand, so voll war er. Am Bett angekommen, plumpste ich hinein. Die weichen Blätter und das Moos waren ein echter Gewinn an Bequemlichkeit, auch wenn sie nicht ganz richtig lagen. Gelegentlich wollte ich alles dahin schieben, wo es hingehörte.

Ich versuchte, mich einzurollen, doch mein praller Bauch hinderte mich daran, eine richtige Kugel zu formen. Ich zog nur die Beine ein bißchen an und kuschelte meinen Kopf an einen Haufen weicher Blätter. Mit zufriedenem Seufzen grinste ich in die Dunkelheit. Wie schön, daß mir direkt vor der Tür ein voller Teich und Tonnen voller Picknickreste zur Verfügung standen. Und wie lieb von Mama Bär und ihren beiden Jungen, mit mir so freundlich zu teilen.

Kapitel 8

Ich verschlief den ganzen Tag und bewegte oder regte mich fast gar nicht im Schlaf. Als ich wach wurde, entdeckte ich ganz überrascht, daß ich tatsächlich wieder Hunger hatte. Ich gähnte und streckte mich und lockerte meine steifen Muskeln. Mein weiches Bett war so gemütlich, daß ich beinahe versucht war, mich einfach umzudrehen und wieder einzuschlafen. Trotzdem regte ich mich, weil ich wußte, daß ich beim nächsten Mondaufgang, der mit seinem Licht die Erde immer so sanft bedeckte, halb verhungert sein würde, wenn ich mich jetzt nicht um mein Frühstück kümmerte.

Als ich meine Nase aus dem Baumhöhleneingang steckte, begrüßte mich ein kühler, angenehmer Abendwind. Vorsichtig machte ich mich auf den Weg. Mutter hatte uns gelehrt – eigentlich schon in der allerersten Stunde –, daß wir erst dann losgehen durften, wenn es sich nach sorgfältiger Prüfung gezeigt hatte, daß auf unserem Pfad keine Gefahr lauerte.

Immer zuversichtlicher lief ich den Weg entlang und eilte zum Teich. Ich fiel sogar in einen halben Galopp, und mein Schwanz wedelte munter mit.

Der Teich war gut besucht. Gegenüber konnte ich einen Waschbären beobachten, der sich sein Frühstück vor dem Essen wusch. Ein Fisch sprang und ließ im Mondschein das Wasser aufkräuseln. Die Frösche im hintersten Winkel des Teiches quakten ab und zu und platschten hier und da ins Wasser. Ich machte halt und trank. Das Wasser rann schön kühl durch meine Kehle. Ich freute mich über den Teich, und ich wollte ihn bereitwillig mit den anderen Wesen im Wald teilen.

Ich drehte schon ab zum Picknickplatz, als ich bemerkte, wie ich von einem Augenpaar studiert wurde. Es gehörte zu einem riesigen Ochsenfrosch. Ein anderer Frosch in der Nähe quakte warnend, und ich schnappte die Unterhaltung der beiden auf.

„Meinst du nicht, daß du in Deckung gehen solltest?“ fragte der kleinere Frosch. Der große antwortete: „Nö – ist doch bloß wieder der blöde Skunk. Bis der sich zum Jäger gemausert hat, ist er längst verhungert. Wir brauchen bloß mal ein bißchen still sitzen zu bleiben, und schon hat er es satt und haut ab.“

Ich drehte ihnen den Rücken zu, aber etwas störte mich das schon. Ach, sagte ich mir, laß sie quaken, mir ist es egal. Ich konnte mir ja mein Frühstück aus den Picknicktonnen besorgen.

Leicht verärgert ging ich fort, als ich entdeckte, daß der Waschbär sich auf meine Seite des Teiches geschlagen hatte. Ich dachte daran, wie sauer er auf mich gewesen war, als ich ihm sein Frühstück verjagt hatte, und blieb auf der Stelle stehen, ohne mich im geringsten zu rühren oder ein Geräusch zu machen. Ich beobachtete ihn. Auch er verhielt sich bewegungslos – und mucksmäuschenstill. Er blieb so ruhig in seiner Haltung, daß ich schon dachte, er wäre versteinert. Bald setzte wieder das Gequake der Frösche ein. Sie machten wohl genau da weiter, wo sie aufgehört hatten. Mal platschte hier einer ins Wasser, mal tauchte dort einer. Sie besuchten sich gegenseitig oder übten einfach nur.

Plötzlich bewegte sich der Waschbär, leise und schnell, und als er seine Pfote aus dem Wasser zog, war ein Frosch für sein Frühstück in den Krallen. Selbst die Frösche in seiner Nähe hatten kaum eine Bewegung oder einen Laut mitbekommen. Nur ein paar hörten mit ihrem Lied auf, und auch die hielten es nicht einmal für nötig, sich in die Teichmitte zurückzuziehen. So wurde das also gemacht! Ich brachte das Gelernte gut in meinem Gedächtnis unter, für den Fall, daß ich darauf angewiesen war. Vorläufig wollte ich mich lieber über die leckeren Sachen aus den Tonnen hermachen. Also lief ich dorthin. Ich glaube, der Waschbär hatte mich gar nicht gesehen. Wenigstens hörte ich ihn nicht wütend zu mir herüberknurren. Ich nahm mir vor zu üben, wie man leise durch den Wald schleicht.

Ich mußte gut geübt haben, denn ich konnte beinahe schon zwei Kaninchen am Schwanz packen, bevor sie mich bemerkten. Ich war drauf und dran, ihnen einen Besuch abzustatten, doch sie schossen wie der Blitz ins Unterholz. Mir entfuhr ein tiefer Seufzer. Ob ich wohl jemals in dieser neuen Nachbarschaft Freunde haben könnte?

Die Tonnen waren schon besetzt. Zwei Opossums stritten sich um den Inhalt der einen Tonne. Ich konnte mir absolut nicht vorstellen, warum sie sich zankten. Für jeden war doch genug da. Ich rückte ab zur zweiten Tonne, wo ich einen fetten Waschbär fragen wollte, ob es ihm etwas ausmachte, mit mir zu teilen. Er überließ mir das ganze Ding und schob murrend ab in den Wald.

Ich ließ mich davon nicht stören und machte mich fürs erste darüber her. Das Essen war reichlich und lecker, und bald war mein kleiner Bauch wieder voll.

Es war noch früh, und ich hatte keine Lust, mich schon im Baumstamm zu verkriechen. Ich war noch nicht müde. Statt dessen machte ich einen Spaziergang.

Ich schlug eine Richtung ein, die ich noch nicht ausprobiert hatte. Der Weg war recht ausgetreten, und das sagte mir, daß so mancher Waldbewohner da hinten wohnen mußte. Jedenfalls war ich noch nicht weit gekommen, als ich ein paar Kaninchen antraf. Sie wollten nicht zum Unterhalten oder Spielen bleiben. Also ging ich den Weg weiter entlang. Ich sah eine Waschbärmutter, die ihre Kleinen heftig ausschimpfte. Eins der frechen kleinen Bürschchen wagte eine Widerrede und bekam für diese Frechheit eine geknallt. Mir schien, daß keiner von ihnen zu einem nachbarlichen Schwätzchen aufgelegt war. So machte ich einen Bogen um sie und eilte den Pfad weiter.

Nach einiger Entfernung stieß ich auf eine Wiese. Sie sah im Mondschein wunderschön aus. Der leichte Wind streifte die duftenden Blumen und ließ sie im Chor winken und tanzen. Hier und da zirpten die Grillen, und kleine Nachttiere raschelten unten im Gras. Eine große Eule huschte durch die Zweige darüber und ließ sich dann auf einem Ast nieder. Ihr seltsamer Ruf hallte durch die Nacht. Irgendwo in der Ferne antwortete eine andere Eule. Ich hätte so gern meinen Baumstamm auf dieser Wiese gehabt. Die Tiere machten sie so lebendig.

Ganz in meiner Nähe raschelte es. Ich wandte mich um. Ein Rehkitz stand da, nur ein paar Schritte entfernt, und knabberte zierlich an den schmackhaften Gräsern. Ich hielt den Atem an und schaute hin. So ein anmutiges Geschöpf hatte ich noch nie gesehen. Still stand ich da. Ich wollte nicht, daß das Rehmädchen fortrannte. Plötzlich hob sie den Kopf und schaute mich direkt an. Ich konnte weder sprechen noch mich bewegen, obwohl ich das von ganzem Herzen gewollt hätte. Dann geschah das Überraschende. Sie lächelte.

„Hallo“, sagte sie schüchtern.

„Hallo“, sprach ich ihr nach, fast flüsternd.

„Bist du neu hier?“

Ich nickte bejahend.

„Wohnst du hier auf der Wiese?“

Meine Zunge gehorchte mir wieder. „Nein, ich wohne in *der* Richtung – in meinem Baumstamm.“

Ich wollte sie gerade fragen, wo sie wohnte, als ihre Mutter in Sicht kam. Sie blieb sofort stehen und schaute erst mich, dann ihr Kind, und dann wieder mich an. Schlank und anmutig wie eine Statue stand sie im Mondschein, doch sie machte eine besorgte Miene, keine freudige.

„Komm, Liebling“, sagte sie mehr als deutlich. Obwohl ich protestieren wollte, machte das junge Kitz keine Ein-

wände gegen die Worte seiner Mutter, und die beiden ließen mich stehen und verließen, wie ich hören konnte, eilig die Wiese.

Auch ich nahm mir vor zu gehen. Ich hatte keine Freude mehr an meinem Ausflug. Mit meinem vollen Bauch tummelte ich mich zu meinem Baumstamm. Er war ganz schön weit weg, und bestimmt würde ich bei meiner Ankunft müde und bettschwer sein.

Das geschmeidige junge Kitz stand mir auf dem ganzen Nachhauseweg vor Augen. Wie schön wäre es, sie als Freundin zu haben. Vielleicht konnte ich sie wiedersehen, wenn ich nochmals zur Wiese gehen würde. Ich nahm mir vor, die Nahrungssuche am nächsten Abend so schnell wie möglich hinter mich zu bringen, damit mir für die Wiese genug Zeit blieb.

Kapitel 9

In der nächsten Nacht hatte ich es nicht auf der Wiese getroffen, das Rehmädchen, auch nicht in der übernächsten und in der Nacht darauf. Fast hätte ich aufgegeben, doch in der folgenden Nacht lenkte ich meine Schritte wieder zur Wiese. Es war ein so schönes Plätzchen, daß ich einfach gern da war, auch wenn ich ganz allein sein mußte.

Diese Nacht war bezaubernd. Ich glaube, so viele Sterne waren noch nie zu sehen gewesen, und auch nicht so helle und fast zum Greifen nahe. Es wehte nicht der leiseste Hauch. Die Rufe und Schreie, das Zirpen und Quaken der Nachtwesen umgab mich von überallher. Aber statt mir das Gefühl zu geben, ein Teil dieser schönen Welt zu sein, machte mich das Wissen, daß so viele andere Wesen ganz in der Nähe waren, irgendwie zutiefst einsam. Ich versuchte, solche Gedanken von mir abzuschütteln und mich an den Düften und Lauten zu erfreuen, aber so einfach ging das nicht.

Plötzlich wurde die Stille der Nacht gebrochen, eigentlich nicht durch ein Geräusch, sondern von einem Gefühl, das damit einherging. Ohne zu wissen warum, merkte ich, daß etwas nicht stimmte, ganz entschieden nicht. Dann hörte ich, wie jemand wild in meine Richtung stürmte. Ich rannte so schnell wie möglich den Pfad entlang, wo es eine steile Anhöhe gab. Dort konnte ich besser überblicken, worum es bei dem Aufruhr ging.

Als ich sah, was da passierte, brauchte ich erst einen

Augenblick, um es zu verstehen. Meine neue Freundin, das Rehmädchen, rannte wild und zu Tode erschreckt daher, und dahinter, dicht an ihren fliegenden Fersen, war ein ausgewachsener Kojote. Als ich endlich begriff, daß der Kojote hinter seiner Beute her war, fing mein Herz furchtbar an zu klopfen. Der Kojote holte auf. Das konnte sogar ich sehen. Dann langte er nach ihr, und als ich schon sicher zu sein glaubte, etwas Schreckliches mitzuerleben, machte das Kitz einen scharfen Haken, und der Kojote verfehlte es. Es ging weiter, und ich mußte beobachten, wie das gleiche geschah, immer wieder. Doch das Kitz wurde müde. Man konnte leicht erkennen, daß es seine Ausweichmanöver nicht mehr lange durchhalten konnte.

Ein anderes Geräusch ließ mich herumwirbeln. Da rannte die Rehmutter. In ihren Augen spiegelte sich das Entsetzen, und ihrer Kehle entrang sich ein leiser Laut. Ich war über ihren Anblick so erleichtert, daß ich beinahe geschrien hätte. Die Zeit wurde ganz bestimmt knapp, und es sah so aus, als ob die Mutter sich beeilen mußte, um ihr Junges zu retten. Sie machte aber keine Anstalten, den Kojoten anzugreifen, wie ich erwartet hätte. Statt dessen lief sie, vor Angst am ganzen Körper zitternd, ins Freie und fing an, vor den Augen des Kojoten umherzustolpern. Offensichtlich hoffte sie, ihn von ihrem Jungen abzulenken, damit er sie an seiner Stelle jagte. Der Versuch schlug fehl. Der Kojote hielt sich an seine erste Jagdbeute. Er mußte auch deutlich bemerkt haben, daß das Kitz zu erschöpft war, um noch weiter so rennen zu können. Dann geschah etwas Merkwürdiges. Das Kitz hörte auf, Haken zu schlagen, und rannte direkt den Weg hinunter. Vor Angst hatte es seine einzig mögliche Verteidigung vergessen.

Sie kamen direkt auf mich zu. Bestimmt hatte der Kojote schon den Geschmack seiner Beute auf der Zunge. Ach, wie sehr ich helfen wollte! Irgend etwas tun, um meine neue kleine Freundin vor dem Rachen ihres Verfolgers zu retten! Aber was konnte so ein kleines Tier wie ich ausrichten, wenn es ein so großes wie die Mutter nicht schaffte – gegen einen so grimmigen Räuber wie den Kojoten?

Ein seltsames Gefühl machte sich in mir breit. Vielleicht war da was zu machen – etwas, das ich mir noch nicht vorstellen konnte. Ein innerer Instinkt wollte mir etwas begreiflich machen.

Ich ließ das Rehmädchen an mir vorbei und machte sofort kehrt, stampfte mit dem Fuß und stellte den Schwanz auf. Ich zielte gut. Der Kojote ließ ein heftiges Jaulen hören. Er hielt an und lief denselben Pfad zurück. Noch als er die Wiese hinter sich gelassen hatte, heulte und jaulte er, und ab und zu blieb er stehen, rieb sich mit seinen Pfoten die Augen und rollte manchmal sogar seinen Kopf im Gras hin und her.

Ohne mich zu rühren, stand ich da. Ich staunte über das Ereignis. Als ich mich aus meiner Starre lösen konnte, warf ich einen Blick um mich her. Der Kojote war ganz verschwunden, nur in der Ferne hörte man ihn noch jaulen. Das Kitz war im hohen Gras der Wiese zusammengebrochen, und die Mutter war ihm schnell zu Hilfe gekommen und tröstete es mit ihrer warmen Zunge. In der Luft stand ein stechender, abscheulicher Geruch. Ich rümpfte die Nase und machte ein paar Schritte.

Ohne nachzudenken, ging ich auf die Rehmutter und ihr Kind zu. Als ich ein paar Schritte vor ihnen stand, merkte ich erst, wo ich war. Ich blieb stehen. Sollte ich fortgehen? Ich hätte ihnen so gern gesagt, wie froh ich war, daß der Kojote fort und das Kind in Sicherheit war. Doch vielleicht wollten sie nicht mit mir sprechen –, und das Kitz war so erschöpft, daß die Mutter es nicht auffordern konnte: „Komm jetzt, Liebling" – wie zuvor, als das Kitz sich mit mir unterhalten hatte. Ich wagte nicht, ihnen näher zu kommen. Außerdem lag dieser fürchterlich starke Geruch in der Nachtluft. Ich schnüffelte und konnte ihn überhaupt nicht leiden.

Plötzlich wurde mir klar, daß dieser furchtbare Geruch von mir stammen mußte. Ich schämte mich so, daß es mir das Blut ins Gesicht trieb. Was mußten sie nun von mir denken?

Ich wagte keine Bewegung, damit sie nicht merkten, daß ich noch bei ihnen war. Ich hätte uns ja alle ersticken können! Der fürchterliche Gedanke machte mich ganz verlegen. Wenn ich mich nur leise wegschleichen könnte, ohne bemerkt zu werden! Ich zog mich langsam zurück und wollte nichts als verschwinden. Die Mutter hob ihren Kopf und sah mich an. Mir stockte der Atem, doch statt das Kitz zu ihren Füßen mit der Nase zu stupsen, um schnell gemeinsam fortzulaufen, näherte sie sich mir. In ihren Augen standen Tränen.

„Wie kann ich dir nur dafür danken?" sagte sie leise. „Oh, wenn du nicht gewesen wärst, dann wäre es um mein Kind..." Sie konnte nicht weiterreden. Der bloße Gedanke daran, was sonst bestimmt passiert wäre, brachte sie zum Zittern.

„Danke", sagte sie nochmals. „Vielen Dank. Wenn ich... wenn es irgend etwas gibt... wenn wir etwas tun können..."

Ich konnte kaum glauben, daß sie es fertigbrachte, mit mir zu reden – ich meine, obwohl es so eklig stank –, und trotzdem wollte sie es mir vergelten. Ich nahm all meinen Mut zusammen, vergaß meinen Stolz und nahm mir vor, meine Bitte auszusprechen – wenn es denn sein sollte. Ich staunte über meine Kühnheit.

„Ach – ich hätte da was", stammelte ich. Das Ungeheuerliche meiner Bitte machte mir Angst. Ob meine Zunge auch nicht versagte? Bestimmt wollte die Mutter nicht *so* weit gehen.

„Ja?" drängte sie mich.

Ich konnte nicht weitersprechen.

„Ja?" fragte sie wieder. „Bitte... sprich doch weiter. Ich weiß, daß ich nicht viel tun kann, aber ich verspreche dir, wenn es überhaupt in meiner Macht steht..."

Ich schluckte und faßte nochmals Mut.

„Wenn... wenn es nicht zu unverschämt ist... ich meine... wenn du nicht zu viel dagegen hättest... könnten... könnten...?" Ich schluckte und kam dann heraus mit der Sprache. „Könnten wir nicht Freunde sein?"

Als ich es ausgesprochen hatte, wünschte ich, nicht so dreist gewesen zu sein. Wenn sie sich jetzt ärgerlich abwandte – oder mich wegen dieser Frechheit auslachte?

Doch das tat sie nicht. Ihre Augen waren groß vor Erstaunen, und dann wurde ihr Blick zärtlich, und sie sagte mit voller Überzeugung: „Oh ja, ja. Für immer. Ja, auf jeden Fall bist du unser Freund – unser ganz *besonderer* Freund."

Langsam wurde mir klar, was sie meinte; dann machte sich ein Grinsen auf meinem Gesicht breit.

„Toll", sagte ich begeistert.

Ich hätte lachen, jauchzen, mit dem Schwanz wedeln mögen – doch Skunks tun so was nicht. Ganz leicht wackelte ich mit dem Schwanz, und dann, beim plötzlichen Gedanken daran, mit welch geheimer Kraft er ausgestattet war, hielt ich ihn schnell still. Immer noch lag der schreckliche Gestank zur Genüge in der Luft.

Die Mutter wandte sich an ihr Kitz.

„Cassandra", sagte sie sanft, „wir haben einen neuen Freund. Er heißt... tut mir leid, ich weiß deinen Namen nicht."

Cassandra schaute auf. Wie ich sah, atmete sie jetzt nicht mehr so schwer. Sie konnte sogar ganz leicht lächeln. Ich lächelte zurück und erinnerte mich dann, daß ihre Mutter noch auf meinen Namen wartete.

„Toby", sagte ich.

„Das ist also Toby", fuhr die Mutter fort, und der Name hörte sich sehr hübsch an, wie sie ihn aussprach.

Cassandra rappelte sich auf. Ich wollte sie darum bitten, dort zu bleiben, wo sie war, doch selbst ich wußte, daß es nicht klug gewesen wäre. Im Wald lauerten noch andere Gefahren. Man mußte immer auf der Hut sein und im Notfall weglaufen können. Sie machte immer noch einen zittrigen Eindruck, doch sie war tapfer. Wieder lächelte sie.

„Hallo, Toby", sagte sie und fügte leise hinzu: „Danke."

„Ach, das war doch nichts Besonderes", stammelte ich. All das hatte mich verlegen gemacht. „Ich hatte solche Angst..."

„Ich auch“, sagte sie und zitterte schon wieder. Ihre Mutter wechselte klugerweise das Thema.

„Wo wohnst du, Toby?“

„Ich wohne in einem hohlen Baumstamm unten am Bachbett. Nur ein Stück vom Weg zum Teich entfernt. Der Bach in der Nähe von meinem Stamm ist jetzt fast trocken.“

„Im heißen Sommer trocknet er aus, aber wenn es richtig regnet, füllt er sich wieder“, sagte Frau Reh. „Wir hier auf der Wunderwiese können von Glück sagen, daß wir immer den Teich haben, wenn wir Wasser brauchen.“

„Wunderwiese?“ sagte ich. „Heißt so dieser wunderschöne Ort?“

Das Reh blickte stolz umher.

„Ja, das ist die Wunderwiese, und schön ist sie wirklich, nicht?“

„Ich liebe sie“, sagte ich einfach. „Wenn doch mein Baumstamm hier liegen würde.“

„Ich nehme an, daß man ihn nicht bewegen kann.“

„Kann ich mir nicht vorstellen. Er ist ganz schön groß.“

„Vielleicht könntest du dir da drüben einen anderen Stamm suchen.“

„Aber meinen habe ich mir schon fertig ausgepolstert und gefüttert. Er ist gemütlich. Ich mag ihn.“

„Versteh' schon“, sagte Mutter Reh, und an ihren Augen konnte ich ablesen, daß sie es wirklich verstehen konnte, wenn man sein Zuhause liebt.

Cassandra ging hin und her. Sie spannte ihre Beinmuskeln, als wolle sie prüfen, ob sie noch funktionierten. Ich fragte mich, ob sie sich nach dem Rennen steif und wund fühlte, doch sie sah so anmutig aus wie zuvor.

„Fühlst du dich wieder wohl?“ fragte ich.

„Ach, viel besser, danke, Toby. Ich glaube fast, ich könnte sogar über den umgefallenen Baumstamm dort springen.“

Ich hatte schon Angst, sie würde es versuchen; ihre Mutter wohl auch.

„Erst mal nicht, Liebes“, sagte sie bestimmt.

Plötzlich wurde mir klar, daß das Reh vielleicht noch gar nicht zu seiner Mahlzeit gekommen war.

„Ich muß euch jetzt gehen lassen", sagte ich zu ihnen. „Ich kann mir vorstellen, daß ihr vor Sonnenaufgang noch etwas zu tun habt."

„Na, ich finde schon, daß wir mit dem Äsen weitermachen sollten, wenn Cassandra sich dazu in der Lage fühlt. Wir müssen auch noch mal zum Teich, bevor wir uns zurückziehen."

„Sehen wir uns wieder?" fragte ich schnell. So wollte ich sie nicht gehen lassen.

„Oh ja. Wir werden nach dir Ausschau halten. Wir essen fast jede Nacht hier auf der Wiese." Dann lächelten wir einander noch einmal an und riefen uns zu: „Wiedersehen!" So trennten sich unsere Wege.

Ich eilte nach Hause zu meinem Baumstamm, vor Glück fast betäubt. Ich hatte eine Freundin – das erste Mal eine wirkliche Freundin. Ich war nicht mehr ganz allein. Ich hatte eine Freundin. Nein, das stimmte nicht ganz. Ich hatte *zwei* Freundinnen.

Kapitel 10

Als ich am nächsten Abend wach wurde, war ich so aufgeregt, daß ich kaum wußte, was ich zuerst tun sollte. Ich hatte mir angewöhnt, erst zum Teich zu gehen und dann zum Picknickplatz. Aber da hatte ich noch keine Freunde. Jetzt wußte ich kaum, was für mich am wichtigsten war – mich um meinen knurrenden Magen zu kümmern oder meine Freunde aufzusuchen. Endlich kam ich zur Vernunft und entschloß mich, zuerst für mein Frühstück zu sorgen. Also auf zum Teich!

Zwei Waschbären waren auf der Jagd. Der eine war der große, den ich schon oft dort gesehen hatte. Ich war umsichtig genug, leise zu gehen, damit er sich nicht zu ärgern und mich anzuknurren brauchte. Überrascht sah ich ihn zu mir hinschauen und deutlich zur Begrüßung nicken. Eigentlich war ich so überrascht, daß ich beinahe dort ins Wasser fiel, wo ich trank.

Ich trank fertig und wollte schon abziehen, als mich der andere Waschbär bemerkte.

„Tag, Toby", rief er mich an, und von überallher hüpften die Frösche ins Wasser. Ich hielt den Atem an und wartete darauf, daß der Große dem jungen Kerl gründlich seine Meinung sagte, doch er schwieg. „Tag", rief ich ziemlich kleinlaut zur Antwort. Hoffentlich verschreckte ich nicht noch mehr Frösche. Dann rannte ich fort, den Pfad entlang.

Je weiter ich kam, desto verblüffter wurde ich. Der Waschbär hatte mich begrüßt, eigentlich recht freundlich, und sogar sein großer, griesgrämiger Artgenosse hatte weder geschimpft noch sich beschwert. Es war mir ein Rätsel – ein echtes Rätsel.

Als ich zum Picknickplatz kam, hob jeder den Kopf. Ein Bär samt den Jungen beäugte mich und rückte dann zur Seite, nahm aber nicht Reißaus. Das Opossum zeigte offen seine Freundlichkeit.

„Tag, Toby", rief es, „in dieser Tonne stecken eine Menge Leckereien. Machst du mit?"

Ich war so schockiert, daß ich gar nicht antworten konnte, doch ich rückte an der Tonne an seine Seite. Er hatte recht. Es gab einen Haufen guter Sachen darin.

Als ich mich satt gegessen hatte, bedankte ich mich bei ihm und lenkte meine Schritte auf den Pfad zur Wunderwiese. Ich war so gespannt auf die Begegnung mit Cassandra und ihrer Mutter, daß ich es kaum erwarten konnte.

Zwei Kaninchen kreuzten meinen Pfad, als ich dort entlangeilte. Immer noch waren sie sehr scheu, doch sie grüßten mich mit gedämpfter Stimme: „Hallo!" Ich erwiderte den Gruß und versuchte, mir meine Überraschung nicht anmerken zu lassen.

Als ich an der Wiese ankam, warf der Mond lange Schatten auf die leise wogende Pflanzenwelt. Die Blumen wiegten sich, und die Grillen zirpten. Wie schön war es doch auf der Wiese!

Sogleich sah ich mich nach Cassandra um. Kein Anzeichen deutete auf die Gegenwart von Tieren hin. Ich dachte schon, daß ich wieder den ganzen Abend allein sein mußte, als plötzlich die ganze Wiese lebendig wurde.

„Überraschung! Überraschung!" erklang es in der Runde, und hinter jedem Busch, aus jedem Loch kamen die Waldbewohner hervor. „Eine Überraschung für dich, Toby!" riefen sie und lachten.

Ich war sprachlos.

Cassandra kam augenzwinkernd auf mich zu. „Wie findest du das? Deine Freunde wollen dir ein Fest geben."

„Ein Fest?“

„Ja. Ein Willkommensfest. Wir wollen dich auf der Wunderwiese und am Spiegelteich willkommen heißen. Und im Wald der Heiterkeit. Wir wollen dir sagen, wie froh wir sind, daß du unser neuer Nachbar bist.“

Ich wollte meinen Ohren nicht trauen und konnte kaum glauben, was die anderen sagten, die sich um mich drängten und mir das Gefühl geben wollten, daß ich bei ihnen willkommen war. Ich fühlte mich erst einmal tief beschämt. Anscheinend hatte sich bei meinen neuen Nachbarn herumgesprochen, daß Cassandra gerettet worden war. Aber wußten sie auch, *wie* ich den Kojoten verjagt hatte? Ob sie mich auch dann noch als Freund wollten, wenn sie es erfuhren? Ich wollte lieber nichts darüber verlauten lassen und sichergehen, daß ich weder sie noch mich mit meiner Geheimwaffe noch einmal in eine peinliche Lage brachte.

Die ganze Nacht spielten und schwatzten wir miteinander, und dann, kurz bevor die Sonne die Wesen des Morgens weckte, aßen wir zusammen. Ringo, der kleinere Waschbär, holte einen *ganzen* Apfel hervor, den er in der Tonne gefunden hatte – für mich allein. Ich aß, bis ich randvoll war. Die Sonne erhob sich am östlichen Horizont, als wir uns schließlich trennten. Unter Rufen und Juchzern hin und her machten wir uns zu unseren Schlafplätzen auf. Wir ließen die verschiedensten Spuren zurück, die alle zum Wald führten.

Immer noch konnte ich kaum glauben, daß es endlich Wirklichkeit war! Cassandra und ihre Mutter hatten die Nachricht vom Ereignis der letzten Nacht schnell weitergetragen und alle Wesen des Waldes aufgefordert, mich in ihrer Nachbarschaft willkommen zu heißen. Und tatsächlich spürte ich, daß ich etwas *Besonderes* war – ein Gefühl, das mir ganz neu war. Die Rehfamilie mußte mein schlimmes Geheimnis gut gehütet haben.

Ein Eichhörnchen kam mir auf dem Pfad entgegen. Eichhörnchen als Wesen des Tages begegneten mir selten. Ich war mir nicht sicher, was dieser Bursche jetzt tun würde. Er trat nicht zur Seite, um mir auf die Schulter zu klopfen, doch er nickte mir knapp zu, und als ich ihn dafür anlächelte, machte er tatsächlich halt und sagte, daß wir bestimmt einen schönen Tag vor uns hätten. Herzlich stimmte ich zu und stolperte weiter, auf mein Bett zu. Die ausgelassene Nacht hatte mich müde gemacht, und immer noch war mein Bauch voll vom nächtlichen Schmaus – nicht zu vergessen den besonderen Nachtisch, den Apfel.

Ich schob mich in meinen Baumstamm. Dabei streifte ich den Eingang ziemlich heftig, und mir war klar, daß es ein ziemliches Gedränge geben mußte, wenn ich noch mehr zunehmen würde. Ich gelangte ins Bett und schnüffelte daran herum. War noch alles so, wie ich es verlassen hatte? Aber ja. Ich seufzte zufrieden und warf mich dann in die weichen Blätter und Moose. Ach, wie gut das tat! Und wie wohl ich mich fühlte. Der Spiegelteich war mein immerwährender Wasservorrat, der Campingplatz im Wald der Heiterkeit bot mir alles, was ich brauchte, und auf der Wunderwiese traf ich alle meine Freunde. Ich, Toby, hatte Freunde – nicht nur einen oder zwei, sondern viele, viele Freunde. Ach, es waren so viele, daß ich mich nicht mal damit aufgehalten hatte, sie zu zählen! Ich machte die Augen zu, lächelte vor mich hin und hielt mich bereit für den besten Traum meines Lebens.

Kapitel 11

Ich konnte es kaum erwarten, meine neuen Freunde wiederzusehen. Als ich am nächsten Abend aufwachte, waren meine Augen noch gar nicht richtig offen, und schon drängte ich mich aus dem Baumstamm. Ich brach im Galopp zum Teich auf. Die Nachtluft fühlte sich kühl an, und die Wolken hatten den Mond ganz verhängt. Es wehte ein starker Wind, der einen noch stärkeren Sturm ankündigte. Normalerweise hätte ich mich vorsichtiger fortbewegt, doch heute abend hatte ich es viel zu eilig. Ich stürmte um eine Kurve und prallte beinahe mit dem Kopf auf einen Waldbewohner, der mir entgegenkam. Ich kannte dieses Tier noch nicht, und als ich eine Pause einlegen wollte und mich anschickte, ihn zu grüßen, passierte etwas Komisches direkt vor meinen Augen. Plötzlich stellte sich sein Fell steil auf. Lange Spitzen waren gegen den Himmel gerichtet. Wie ein runder Ball sah er aus, der vollständig mit Piniennadeln bespickt war. Rutschend kam ich zum Stehen.

Erst standen wir nur da und schauten einander kurz an. Keiner von uns beiden rührte sich.

„Hallo“, fing ich schließlich an. „Ich glaube, ich kenne dich noch nicht. Ich heiße Toby.“

Als ich sprach, senkten sich die langen, spitzen Stacheln ganz leicht und gaben den Blick auf ein kleines Gesichtchen frei.

„Hallo“, antwortete eine piepsige Stimme.

„Ich hab’ dich noch nie gesehen“, fuhr ich fort.

„Ich komme auch nicht oft hier lang."
„Wie, sagtest du, war dein Name?"
Jetzt waren die Nadeln ganz flach angelegt und hoben sich kaum mehr vom Fell ab.
Er kicherte, und auch das Kichern war piepsig.
„Ich hab' ihn noch nicht gesagt, aber ich heiße Andy."
„Andy?"
„Stimmt. Ich lebe drüben, auf der anderen Seite der Wiese, im Wald mit den hohen Bäumen."
„Wie machst du das eigentlich?" fragte ich plötzlich, viel zu beeindruckt von dem neuen Erlebnis, um großen Wert auf Höflichkeit zu legen.
„Was?"
„Na, das. Daß dein Pelz auf einmal voller Piniennadeln ist."
„Piniennadeln sind das nicht."
„Wirklich nicht?"
„Nein, das sind *meine* Stacheln."
„Deine Stacheln?"
„Stimmt." Er kicherte wieder.
„Woher hast du sie?" fragte ich, immer noch reichlich verblüfft.
„Woher ich sie habe?"
„Ja. Sie sind hübsch. Ich würde mir auch gern ein Bündel davon besorgen."
„Du hast wohl keine, was?"
„Ich?" Ich zeigte auf meinen schwarzweißen Pelz. „Nein, so was hab' ich nicht. Wo hast du deine her?"
„Der Schöpfer hat sie mir gegeben."
„Der Schöpfer?" All das war mir sehr neu und fremd. „Was für ein Schöpfer?"
„Na, der Schöpfer aller Dinge – von Vögeln und Blumen, Himmel und Teich, Tieren und – eben von allem."
„Dein Schöpfer auch?"
„Sicher", quiekte Andy. „Und auch deiner."
Ich hatte noch nie vom Schöpfer gehört. Ich machte mir immer noch Gedanken darüber, als Andy wieder anfing.

„Und was hat er dir gegeben?"

„Was meinst du damit?" fragte ich ihn verwirrt.

„Na, was hat er dir gegeben? Er hat all seinen Geschöpfen etwas Besonderes zur Verteidigung gegeben. Was hat er dir gegeben?"

„Ich weiß nicht", sagte ich ehrlich. Darüber hatte ich mir noch keine Gedanken gemacht. „Vielleicht... vielleicht... vielleicht hat er es bei mir vergessen? Ich meine, so was hab' ich überhaupt nicht."

„Nein", sagte Andy ganz zuversichtlich. „Hat er nicht vergessen. Er hat dir etwas Bestimmtes gegeben – ganz sicher."

Ich zuckte nur mit den Schultern.

„Überlegen wir mal", fuhr Andy fort. „Hast du starke Beine, mit denen du schnell rennen kannst?"

Ich dachte an meinen ziemlich unbeholfenen Trab und schüttelte den Kopf.

„Fehlanzeige", antwortete ich. Das war ganz sicher nicht meine Besonderheit.

„Kannst du dann deine Farbe wechseln, damit du zu den verschiedenen Jahreszeiten paßt?"

Wieder blickte ich an mir herab.

„Ich hab' mich nie anders als nur schwarzweiß gesehen", antwortete ich.

„Mal sehen", sagte Andy. „Hast du starke Vorderpfoten und Zähne, um schnell zu graben?"

Ich hatte außer in der weichen Erde an einem Ameisenhaufen oder unter einem Holzstück oder einem Stein noch nie gegraben.

„Nee", sagte ich wieder.

„Hast du dann vielleicht besondere Klauen, um auf die Bäume zu klettern?"

Ich lachte. Obwohl ich das noch nie versucht hatte, war ich mir sicher, daß es nicht funktionieren würde.

„Nein", sagte ich. „Das kann ich nicht."

„Na ja, groß bist du nicht gerade", sagte Andy. „Deine Größe schützt dich also auch nicht." Andy zuckte mit den

Schultern. „Ich geb' mich geschlagen", sagte er, „aber ich bin mir genauso sicher, daß er dich nicht vergessen hat. Eines Tages – eines Tages, wenn du es brauchst, wirst du etwas entdecken."

„He", schrie ich, und vor Aufregung ging es mir durch und durch. „Ich weiß es! Erst vorgestern nacht war meine Freundin Cassandra in Not, und ich… ich…" Ich wußte kaum, wie ich es sagen sollte. Mir schien das Thema sehr heikel zu sein, doch Andy wartete. „Na", fuhr ich eher lahm fort, „ganz plötzlich bemerkte ich, daß… daß… ich gespritzt habe." Es war mir herausgefahren. „Direkt ins Gesicht des Kojoten habe ich gespritzt."

„Und das hat gewirkt?" fragte Andy, und er hörte sich genauso aufgeregt an wie ich.

„Echt, es hat geklappt!" rief ich. „Er rannte kreischend weg und rieb sich sein Gesicht im Staub. Ich glaube, das Spray hat ihm in den Augen gebrannt. Wir haben ihn nicht mehr gesehen."

„Siehst du", sagte Andy triumphierend, „der Schöpfer hat dir etwas Besonderes gegeben."

Der Gedanke war ebenso ernüchternd wie begeisternd. Man bedenke, diese Besonderheit, die ich hatte, war direkt vom Schöpfer, für *mich*.

„Glaubst du das? Ich meine, glaubst du wirklich, daß er…?"

„Natürlich. Natürlich", quiekte Andy.

„Aber warum? Ich meine, warum hat er… mich zu etwas *Besonderem* gemacht?"

„Weil er sich um dich kümmert!"

„Um mich?" Ich konnte mir kaum vorstellen, daß der Schöpfer von Sternen, Mond, Wind, Tieren, von allem, sich um mich kümmerte.

„Natürlich um dich. Er liebt alle seine Geschöpfe. Jedes von uns. Darum hat er dafür gesorgt, daß jeder von uns ein Mittel bekam, mit dem er sich verteidigen kann."

Ich dachte an meine Freunde. Cassandra war flink und

konnte ausweichen, als der Kojote sie gejagt hatte. Wenn sie nicht ihre schnellen Beine und ihre Beweglichkeit hätte, wäre sie bestimmt gefangen worden. Die Bären waren zu ihrem Schutze groß genug. Sie hatten auch, wie mir das Opossum erzählt hatte, sehr gute Nasen. Die Eichhörnchen konnten schnell klettern. Einmal mit dem Schwanz gewedelt, und schon waren sie nicht mehr zu packen. Die Kaninchen hatten flinke Beine, und zudem paßte sich ihr Fell in der Farbe der Jahreszeit an. Benjy hatte vor mir damit angegeben, wie strahlend weiß sein Fell im Winter wurde. Jetzt sah es graubraun aus. Man konnte ihn oder seine Brüder und Schwestern kaum entdecken, wenn man nicht wußte, wo sie sich versteckten. Verstecken war auch ihr Lieblingsspiel. Ich dachte an alle meine Freunde. Tatsächlich, es stimmte. Ein Verteidigungsmittel hatten sie alle bekommen.

„Donnerwetter!“ Mehr konnte ich nicht sagen. Sogleich und an Ort und Stelle beschloß ich, daß ich mich nicht mehr wegen des besonders starken Geruchs schämen wollte, mit dem ich den Kojoten vertrieben hatte, wenn das die Gabe des Schöpfers für mich war und wenn er mich mit dieser besonderen Verteidigung geschaffen hatte. Schließlich hatte ich sie einsetzen können, um das Leben meiner Freundin Cassandra zu retten. Ich verschwendete keine Zeit mehr mit dem Wunsch, lieber flinke Beine zu haben oder das Zeug zum Bäumeklettern oder einen Pelz, mit dem ich mich verstecken konnte. Nicht einmal lange Stacheln wie bei Andy wären mir lieber gewesen, denn ich wußte, daß nichts davon mir geholfen hätte, als ich die Hilfe so dringend gebraucht hatte – um den Kojoten zu vertreiben. Nein, danke! Meine Spezialverteidigung war die einzige gewesen, die genau dann wirkte, als Hilfe nötig war. Ich fühlte für die gute Entscheidung meines Schöpfers tiefe Dankbarkeit. Sogar ein kleines Stückchen Stolz spürte ich in mir. Ich hatte meine Verteidigung eingesetzt – und der Einsatz war gezielt gewesen.

Ich dachte wieder an Andy. „Kannst du es noch mal machen?“ fragte ich ihn.

Er machte einen verwirrten Eindruck.

„Was noch mal machen?"

„Deine Piniennadeln aufstellen."

„Es sind doch keine Piniennadeln", kicherte er. „Es sind *meine* Nadeln."

„Richtig", verbesserte ich mich. „Stell sie noch mal auf, bitte."

Andy machte es. Blitzartig verwandelte er sich in einen stachelbewehrten Ball und war nicht mehr zu erkennen.

Ich kam neugierig näher und wollte ihn genauer untersuchen.

„Vorsicht!" rief er und machte einen Schritt rückwärts. Ich blieb auf dem Fuße stehen.

„Ich wollte dir nicht weh tun", versicherte ich ihm. „Ich wollte nur..."

„Na, aber ich hätte *dich* verletzen können", schnitt er mir das Wort ab.

Ich sah ihn bloß an.

„Sie sind sehr scharf", erklärte er, „und wenn deine Nase oder die Pfote drankommt, kann sie gestochen werden."

„Wirklich?" Das hörte sich unglaublich an. „Toll!"

„Wirklich. Ein neugieriges Bärenjunges mußte tatsächlich einmal mit ein paar Stacheln in seiner Pfote abziehen. Seine Mutter mußte sie mit den Zähnen herausholen. Und stundenlang hat er gewinselt. Er tat mir leid, aber ich hatte versucht, ihn zu warnen. Er wollte einfach nicht hören. Das nächste Mal, wenn er jemand von meiner Sorte trifft, ist er bestimmt viel vorsichtiger."

Andy ließ seine Stacheln in eine weniger bedrohliche Stellung absinken.

„Und wie *nennt* sich denn deine Sorte?" fragte ich ihn.

„Ich bin ein Stachelschwein", sagte er mit leisem Stolz.

„Ach, ich bin ja so froh, daß ich dich heute abend getroffen habe. Ich freue mich auch, daß du mir die Sache mit unseren besonderen Verteidigungswaffen erklärt hast – und das vom Schöpfer."

„Weißt du“, quiekte Andy, „ich glaube, daß wir beide zwei der stärksten Verteidigungen von allen Tieren im Walde haben.“

Ich lächelte.

„Weißt du, ich glaube, du hast recht“, stimmte ich ihm zu.

„Ich will dir mal was sagen“, fuhr Andy fort, „ich will meine Waffe nicht gegen dich richten, wenn du deine auch nicht gegen mich richtest.“

„Abgemacht“, sagte ich lachend. „Natürlich nur dann, wenn du nicht meine Freundin Cassandra jagst.“

„Aber nein. Ich doch nicht. Ich fresse Rinde. Und außerdem könnte ich niemanden jagen. Dafür bin ich zu langsam.“

Zusammen zogen wir ab, den Pfad entlang, und plauderten beim Gehen. Ich freute mich über Andy, meinen neuen Freund.

Kapitel 12

Ich war noch nicht mit dem Frühstück fertig, als es zu regnen anfing. Ich wollte bleiben und mich satt essen, doch mein Pelz wurde immer nasser und ich selbst immer elender. Endlich fand ich, daß ich genug gegessen hatte, und stürmte nach Hause. Noch auf halbem Wege wurde der Regen stärker. Wenn ich mich nicht unterstellte, würde ich wohl noch fortgespült werden. Ich fand einen umgefallenen Baumstamm, der so was wie einen Unterschlupf bot und von Büschen und Baumgestrüpp gut verdeckt war. Ich schlüpfte schnell hinunter. Es war dunkel und kalt, wenn auch geschützt vor dem starken Regen. Ich versuchte, die Nässe wenigstens teilweise aus meinem Fell zu schütteln, doch ich war zu durchgeweicht, um es wirklich zu schaffen. Ich drängte mich ganz nach hinten in den Unterschlupf, weil ich mir davon etwas Wärme versprach, doch nur ein harter Stein und ein paar sehr kalte Baumwurzeln fanden sich da.

Ach, wie sehnte ich mich nach meinem eigenen warmen Bett! Ich konnte fast fühlen, wie warm und weich die Blätter und Moose waren, so sehr sehnte ich mich danach. Aber das Wünschen half nichts. Ich hockte zitternd da und versuchte, meine Zähne vom Klappern abzuhalten.

Ich horchte genau hin, um eine Pause im Sturm abzupassen, damit ich schnell nach Hause huschen konnte. Langsam verging die Nacht, eine kalte Minute nach der anderen. Ich fragte mich allmählich, ob ich überhaupt noch mal warm werden könnte.

Nach noch mehr Zittern und angespanntem Horchen auf eine sehnsüchtig erwartete Pause im Sturm war es mir endlich so, als ob der Regen nachließe. Ich schob mich vor und steckte die Nase aus dem Unterschlupf. Es regnete immer noch, doch nicht so sehr wie zuvor. Ich entschloß mich, so schnell wie möglich nach Hause zu rennen.

Als ich meinen Baumstamm erreichte, war ich wieder tropfnaß und völlig durchgefroren. Ich kroch schnell hinein und machte gleich hinter dem Eingang halt, um soviel Wasser wie möglich aus meinem Fell zu schütteln, damit mein Bett nicht durchnäßt wurde. Tropfend und zitternd stand ich da und wischte mir das Wasser vom Pelz. Es dauerte ziemlich lange, bis ich mich trocken genug fand, um in mein Bett zu steigen. Immer noch war mir kalt. Ich barg mich in Blättern und Moos und schob etwas vom Polstermaterial dicht an meinen Körper, um nicht mehr so zittern zu müssen. Erst viel später merkte ich, daß ich tatsächlich nicht mehr zitterte. Immer noch war mir nicht warm, aber wenigstens hatte ich es so gemütlich, daß ich endlich glaubte, einschlafen zu können. Ich rollte mich noch enger ein, kuschelte mich noch tiefer in das allmählich wärmere Bett und schloß meine Augen.

Lange konnte ich noch nicht geschlafen haben, als ich wach wurde. Zuerst war mir nicht klar, warum ich so lange vor meiner Aufstehzeit aufwachte. Dann merkte ich, daß ich vom Lärm wach geworden war. Das war merkwürdig. Ich war doch an Krach gewöhnt. Die Wesen des Tages waren oft sehr laut, und normalerweise schlief ich inmitten ihrer Herumtoberei. Ich schüttelte meinen Kopf über ihre Aufgeregtheit. Wußten die denn nicht, daß auch noch andere da waren, die Schlaf brauchten?

Der Lärm wuchs an und wurde immer eregter. Es waren die Eichhörnchen. Immer wieder stritten sie sich und schwatzten, unablässig. Ich konnte mir nicht vorstellen, was sie so aufgebracht hatte. Ich änderte meine Lage und versuchte, wieder einzuschlafen, doch kaum hatte ich meine

Augen geschlossen, als ich das ständige Schwatzen jetzt direkt vor meinem Eingang hörte. Ich rührte mich.

„Toby! Toby!" rief jemand mit aufgeregter Stimme.

Da wußte ich, daß es um mehr ging als einen Streit unter Nachbarn. Ich kroch aus meinem warmen Bett.

„Toby! Toby!" ließ sich die Stimme wieder hören, und diesmal hörte sich der Schrei ebenso ängstlich wie aufgeregt an.

„Ich komm' ja schon", rief ich und krabbelte schnell nach vorn. Was war denn bloß mit ihnen los?

Siggi, das große graue Eichhörnchen, war schon an meinem Eingang und versperrte mir die Sicht nach draußen.

„Der Regen!" schrie er. „Der Regen!"

„Es regnet *immer* noch?" stieß ich erbittert hervor. Mußte ich mein Frühstück noch einmal bei diesem kalten Guß erjagen?

„Ja, ja!" schrie er. „Der Bach tritt über das Ufer!"

„Der Bach überflutet?" Dabei fragte ich mich, warum diese Nachricht so wichtig wäre, daß er mich aus dem tiefsten Schlaf riß, nur um mir das zu sagen.

„Ja. Beeil dich, los!"

Alle Eichhörnchen, die sich um meine Tür versammelt hatten, fingen an zu schwatzen, rufen, schimpfen und schreien, alle gleichzeitig. Ein furchtbares Spektakel!

Ärgerlich wedelte Siggi mit seinem Schwanz und brachte sie damit zum Schweigen. „Los, alle zurück in eure Wohnungen!" befahl er. „Die Zeit wird knapp."

Ich war immer noch verwirrt. „Wieso knapp?"

„Du mußt aufbrechen. Weglaufen. Zu einem höher gelegenen Gelände", stammelte er.

„Aufbrechen? Es ist aber noch nicht Abend. Ich jage erst ab –"

Er ließ mich gar nicht ausreden. „Nicht zum Jagen. Du mußt dein Leben retten! Und du mußt dich beeilen. Zum Reden ist keine Zeit mehr."

„Wovon redest du überhaupt?" Er zog sich aus meinem Eingang zurück, und ich trat vor.

„Sieh doch!“ schrie er.

Ich sah hin – und dort, nur ein paar Schritte von meinem Eingang entfernt, war ein schneller, wilder Strom, wo gestern noch keiner gewesen war.

„Was... was...?“ stotterte ich.

„Der Bach... er ist über die Ufer getreten!“

„Der Bach?“

„Du mußt dich beeilen. Das Wasser kommt immer näher.“

Er hatte recht. Selbst in den paar Minuten, die wir staunend auf den neuen Bach starrten, schien mir das Wasser immer näher zu kommen.

„Aber was ist passiert?“ drängte ich.

„Das erklär' ich dir später. Beeilung jetzt!“ Das klang ungeduldig.

Ich wandte mich kurz um und blickte auf mein kuscheliges kleines Bett zurück. Wie widerwillig ich es zurückließ! Wenn das Wasser noch weiter auf meinen Baumstamm zu kroch, mußte sogar mein warmes Bett überschwemmt werden. Wie sollte ich es wieder trocknen und warm und weich bekommen?

Siggi gab mir einen Stups, und ich wandte mich ihm zu und nickte zustimmend. Ich war jetzt bereit, ihm zu folgen, wohin er mich auch führte. Wir rannten vor dem flutenden Bach weg und den langsam ansteigenden Hügel hinauf.

Siggi war viel schneller als ich, und meine kurzen Beine waren schon lange müde, als er meinte, daß wir beruhigt anhalten könnten.

Ich schnaufte und pustete, als ich endlich anhalten durfte, um zu Atem zu kommen. Siggi war anscheinend überhaupt nicht außer Atem.

„Wieviel weiter noch?“ fragte ich keuchend.

„Ich glaube, jetzt bist du sicher“, antwortete er. „Bis hierhin ist das Wasser noch nie gekommen.“

Immer noch regnete es. Man hatte deshalb keine gute Sicht durch den Wald. Man konnte auch nicht so gut wie sonst hören. Alles tropfte und platschte nur von zahllosen Regentropfen.

„Wo sind wir?" keuchte ich.

„Den Hügel hinauf. Du kannst die Gegend erkennen, wenn die Sonne wieder zum Vorschein kommt."

„Du meinst wohl, wenn die Sonne untergeht." Ich lächelte. „Nachts geht bei mir alles besser."

„Entschuldige", sagte Siggi und lachte dann. „Stimmt schon", fuhr er fort, „anscheinend haben wir dich nicht gerade zur rechten Zeit geweckt."

„Ihr habt eher gerade das richtige getan. Am Ende des Tages wäre ich wohl reichlich naß gewesen. Danke, Siggi."

Siggi schaute verlegen nach unten.

„Och – schon in Ordnung. Du hast Cassandra gerettet. Niemals werden wir dir das vergessen."

Cassandra war wohl sehr beliebt bei den Waldbewohnern.

„Ich war glücklich, daß ich Cassandra retten konnte, auch wenn... auch wenn..." Ich brachte den Satz nicht zu Ende. Einen Augenblick lang schwieg ich und dachte dann an mein Gespräch mit Andy. „Ach", fuhr ich tapfer fort, „ich bin sehr froh über die Entdeckung, daß der Schöpfer mir genau die richtige Verteidigungswaffe gegen den Kojoten gegeben hat. Anscheinend gehöre ich zu den wenigen Tieren, die außer sich selbst auch noch andere verteidigen können, was?"

„Stimmt wohl", sagte Siggi und war sichtlich beeindruckt.

„Na, auf jeden Fall möchte ich dir danken", fing ich wieder an. Ich wollte nicht, daß Siggi dachte, meine Verteidigungswaffe und all das sei mir zu Kopf gestiegen. „Wenn du nicht vorbeigekommen wärst und mich gewarnt hättest, hätte ich wohl weitergeschlafen, bis es zu spät gewesen wäre."

„Was hast du jetzt vor?" fragte Siggi.

„Erst mal muß ich weiterschlafen", sagte ich. „Ich werde mir also ein Fleckchen suchen, wo ich mich aufs Ohr legen kann, bis es Zeit ist, richtig aufzustehen."

„Du kannst solange mit in mein Nest", sagte Siggi fürsorglich.

Ehe ich mich bedanken konnte, schoß Siggi das Blut ins Gesicht. „Allerdings“, sagte er, „wirst du es wahrscheinlich nicht benutzen können. Es hängt etwa drei oder fünf Meter über dem Erdboden.“

Ich lachte. Siggis Verlegenheit löste sich, und er lachte mit. Der gleichmäßig strömende Regen drang wieder durch meinen Pelz.

„Wir müssen uns irgendwo unterstellen“, sagte ich zu Siggi und schaute in den tröpfelnden Himmel. Es sah so aus, als wollte es niemals aufhören. „Ich find’ schon irgendwas. Wo, das ist erst mal egal. Ich verkrieche mich irgendwo im Trokkenen, bis der Regen endlich aufhört und ich wieder nach Hause kann. Du solltest auch irgendwo unterschlüpfen, oder du wirst naß bis auf die Haut.“

Siggi nickte. Wir verabschiedeten uns, und er sauste fort. Bevor ich mich auf die Suche nach dem trockenen „Irgendwo“ für den Rest des Tages machte, rief ich Siggi nach: „Und vielen Dank noch mal für die Warnung, Nachbar.“ Siggi wandte sich um, winkte als Antwort mit dem Schwanz und war verschwunden.

Kapitel 13

Den Rest des Tages verschlief ich. Als ich aufwachte, hatte es aufgehört zu regnen. Ich wollte unbedingt nachsehen, wie es um mein Heim im Baumstamm stand. So schnell wie möglich rannte ich hin. Jetzt, nachdem die Sonne untergegangen war und der Mond ab und zu hinter den Wolkenfetzen zum Vorschein kam, konnte ich mich leicht orientieren.

Die Eichhörnchen waren alle zu Bett gegangen. Also konnte ich von ihnen nicht mehr erfahren, was es sonst Neues im Walde gab. Bestimmt hatte der heftige Regen und der überflutete Bach ihren Wohnungen nicht schaden können, weil die so hoch in den Bäumen lagen. Ich machte mir allerdings Gedanken über ein paar andere Freunde, doch mir fiel keiner ein, der in meiner Nähe am alten Bachbett wohnte.

Als ich in meiner alten Gegend anlangte, wollte ich kaum meinen Augen trauen. Alles um meine Baumwohnung herum war völlig überschwemmt. Wenn Siggi und meine Freunde mich nicht aus dem Schlaf gerissen hätten, wäre ich jetzt auch unter Wasser.

Der Anblick meines Hauses stimmte mich etwas wehmütig. Ob es wohl lange dauerte, bis der Bach wieder zurückging und ich zu meinem Baumstamm zurückkonnte? Mir war klar, daß ich all mein Bettzeug herausholen und es mit neuen Blättern und Moos auspolstern mußte. Im Stamm war sicher alles durchweicht. Hoffentlich dauerte es nicht zu lange, bis alles trocken war. Mein Zuhause fehlte mir. Mit einem tiefen Seufzer trennte ich mich von diesem Anblick und lief zum Teich. Unterwegs traf ich die beiden Kaninchen. Mimi und Moni waren Zwillingstöchter von Frau Kaninchen. Hier im Wald gab es so viele Kaninchen, daß sie alphabetisch geführt wurden. Mimi sah mich und rief: „Toby! Wir haben uns Sorgen um dich gemacht, als wir gehört hatten, daß der Bach wieder über seine Ufer getreten ist."

„Mir geht's gut", versicherte ich ihr schnell. „Siggi, seine Familie und seine Freunde waren gekommen und hatten mich geweckt."

„Und was ist mit deinem Zuhause?"

„Immer noch unter Wasser", sagte ich niedergeschlagen. „Ich hab's mir gerade angesehen. Es kann noch ein paar Tage dauern, bis es mir zum Einziehen trocken genug ist."

Die Kaninchenzwillinge wechselten einen Blick, sagten aber nichts.

„Hatte noch jemand anders Schwierigkeiten?" fragte ich.

„Wir haben noch nicht viele zu Gesicht gekriegt. Sind gerade aufgestanden. Eben jetzt sind wir unterwegs zum Teich."

Wir gingen zusammen zum Teich. Der Weg war immer noch sehr naß, und Bäume und Gräser tropften. Als ich so langtrabte, hätte ich gern gewußt, ob unser Wald überhaupt wieder trocken werden konnte.

Dann kamen wir am Teich an. Alles war in Aufruhr. Wir konnten es hören, bevor wir sahen, was los war. Als wir die Wegbiegung nahmen und die Szene vor uns erblickten, mußten wir nach Luft schnappen. So wie jetzt hatten wir den Teich noch nie gesehen. Er war doppelt so groß wie normal. Alles war von Wasser bedeckt. Hin und her huschte jedermann, und zuerst konnte ich nicht verstehen, worum es ging. Dann erkannte ich, daß die Biber sich in Panikstimmung befanden.

„Was ist geschehen?" fragte ich einen Waschbären neben mir, der anscheinend vom Geschehen ganz gebannt war.

„Die Flut hat einen Teil des Biberdamms fortgespült. Sie reparieren ihn jetzt ganz schnell, ehe Schlimmeres passiert."

Nach dieser Erklärung verstand ich, wo das Problem lag. Fünf Biber waren gleichzeitig überall. Zwei trugen große Äste in ihren Schnauzen und steuerten sie durch das Wasser zum Riß im Damm. Die anderen drei waren auf dem Damm beschäftigt. Sie schoben Hölzer hin und her und klopften sie fest mitsamt Zweigen und Schlamm. Für mich sah das gewaltig aus, und ich ahnte, daß ich nicht einmal gewußt hätte, wo ich anfangen sollte.

„Können sie es schaffen?" fragte ich den Waschbären.

„Hoffen wir's", erwiderte der. „Jedes Tier im Wald verläßt sich so oder so auf den Teich. Wenn wir ihn verlieren, leiden wir alle Not."

„Du meinst, wir verlieren den Teich, wenn die Biber den Damm nicht reparieren können?"

„Der Teich ist hier, *weil* der Biberdamm steht. Er wird aus zwei Zuflüssen gespeist: aus diesem fast vertrockneten Bach da, wenn es genug regnet, und aus einem schmalen Bach, der von der anderen Seite zufließt. Der Bach fließt nur dann so stark, wenn es sehr regnet und das Wasser aus den Hügeln dieser Gegend abfließt. Der andere Bach ist auch oft gefährlich nahe daran gewesen auszutrocknen. Wenn die Biber nicht den Damm gebaut und den Teich aufgefüllt hätten, als der Regen stark genug war, gäbe es in den Trockenzeiten kein Wasser für uns... Wir *alle* brauchen den Damm – und zwar unbedingt."

„So", sagte ich und fragte mich, wie all die Waldtiere bloß dastehen und den Bibern bei der Arbeit zusehen konnten, wenn der Damm doch von allen gebraucht wurde. „Warum helfen wir dann nicht bei der Arbeit?"

„Wir? Wir können nichts tun. Keiner von uns weiß, wie man einen Damm baut."

„Sie könnten es uns zeigen."

„Die sind viel zu beschäftigt mit dem Bauen, um uns mitarbeiten zu lassen. Wir wären bloß im Wege."

Was für eine Schande, dachte ich, die ganze harte Arbeit den armen Bibern zu überlassen. Wie wünschte ich doch, daß man ihnen irgendwie helfen könnte.

Die Nacht verstrich, und immer mehr Tiere versammelten sich am Teichufer. Man sprach sehr wenig, denn wir fürchteten, daß sogar unsere gedämpfte Unterhaltung die Biber irgendwie bei ihrer Arbeit stören könnte. Außerdem glaube ich, daß es unter uns auch solche gab, die Angst davor hatten, daß es den Bibern nicht gelingen könnte, die Flut einzudämmen.

Fast war es Morgen, als ein Ruf aus der wartenden Menge erschallte. Ich glaube, der erste Siegesruf kam von einem Biber, und zwar als lautes Klatschen mit dem Schwanz auf das Wasser. Ein anderer Biber wiederholte den Klatscher, dann der nächste. Zuerst dachte ich, irgend etwas wäre fürchterlich schiefgegangen, denn ich wußte, daß der Schlag mit dem großen, flachen Biberschwanz normalerweise ein Notsignal war. Mit Erleichterung nahm ich zur Kenntnis, daß in diesem Falle die Biber damit ihren Erfolg feierten. Es war ihnen gelungen, den Damm zu reparieren. Er staute wieder das fließende Wasser. Sobald die gute Nachricht das Ufer erreichte, hörte man viele Siegesrufe: Kreischen, Schreien, Grunzen, Stampfen und anderes, was Erleichterung und Freude ausdrückte. Nachdem sich der Lärm ein wenig gelegt hatte, fingen die Tiere an, sich zu bewegen und wie mit einer Stimme miteinander zu reden.

Erst dann bemerkte ich, daß mir vom langen Stehen alles weh tat. Auch den anderen Wesen mußte es so gehen, denn viele von ihnen streckten und dehnten die steifen Muskeln, um die Verspannung loszuwerden. Wir Tiere sind nicht daran gewöhnt, so lange völlig stillzustehen.

Außerdem merkte ich, wie hungrig ich geworden war. Am Morgen war ich ja nicht satt zu Bett gegangen, und jetzt war es fast wieder so weit, daß die Sonne aufging. Die anderen Tiere stellten das wohl auch bei sich fest, denn augenblicklich zerstreuten sich alle. Uns blieb vor Sonnenaufgang nicht viel Zeit für das Essen.

Ich eilte fort zum Picknickplatz. Es war enttäuschend. In den Tonnen gab es wenig Eßbares. Anscheinend hatte der Regen verhindert, daß sich die Tonnen wie sonst auffüllten. Es gelang mir, einen übriggebliebenen Happen Apfelkerngehäuse zu finden und hier und da auf dem Boden ein durchweichtes Kartoffelchip. Doch bald gab ich auf. Ich mußte anderswo auf die Jagd gehen. Langsam machte ich mich in Richtung Wiese auf und sammelte unterwegs hier und da eine Grille oder andere Nachtkriechtiere.

Bei der Wiese angekommen, mußte ich feststellen, daß der Regen auch hier Spuren hinterlassen hatte. Die tiefergelegenen Stellen hatten sich in kleine Teiche verwandelt. Die hohen Gräser standen nicht mehr, sondern lagen flach auf dem Boden. Sie waren zu müde zum Stehen und konnten das Gewicht des Wassers nicht mehr halten.

Da, einige Waldtiere. Frau Reh und Cassandra waren auch gekommen. Cassandra rief einen Gruß herüber, als sie mich erblickte. Frau Reh machte eine Eßpause, bis sie alles über mein Zuhause wußte. Ich versicherte ihr, daß alles wieder in Ordnung wäre, wenn die Bachfluten sich verzogen hätten.

Über unseren Häuptern huschte eine Eule vorüber. Sie landete nicht weit entfernt in einem Baum und beäugte ihre Umwelt. Auch sie hatte wohl wegen des Regens ihr Frühstück verschoben.

Ich ging weiter. Hier und da stocherte ich unter einem Stein oder an einem Ameisenhaufen. Endlich fand ich, es sei an der Zeit, aufzuhören und nach Hause zu gehen. Nach Hause? Ich hatte ja gar keins. Wohin sollte ich gehen, bis der Bach mir meinen Baumstamm wiedergab? Ich erinnerte mich an den umgefallenen Baum und die Art Unterkunft unter Zweigen und Wurzeln. Dahin strebte ich. So gemütlich wie mein Zuhause war es nicht, doch wenigstens konnte ich mich darin verbergen und schlafen.

Als ich ankam, prüfte ich die Stelle sorgfältig. Erst dann schlüpfte ich hinein, als ich sicher war, daß kein anderes Tier sie besetzt hielt. Dann war ich drin und versuchte, es mir bequem zu machen. Es gab hier nichts Weiches. Kein Wunder, daß kein anderes Tier sich hier breitgemacht hatte. An ein Zuhause erinnerte hier nichts. Ich rollte mich eng zusammen, was es auch nicht gemütlicher machte, und zwang mich zum Einschlafen. Hoffentlich konnte ich beim nächsten Sonnenaufgang wieder in meiner eigenen Wohnung sein, wo ich hingehörte.

Kapitel 14

Ich war froh, als ich an diesem Abend mein Behelfsheim verlassen und die steifen Muskeln strecken und dehnen konnte. Mein ungepolstertes Bett war ganz und gar nichts für mich. Außerdem war ich hungrig, und deshalb machte ich mich rasch zum Teich auf. Hier ging alles wieder seinen normalen Gang. Die Biber hatten den Damm gut hinbekommen, und die Gefahr, daß wir unser hochnotwendiges Wasser verloren, war vorbei – wenigstens im Augenblick.

Die Frösche quakten, die Waschbären speisten, und die Biber und Bisamratten schwammen fleißig umher. Eine Eule ließ ganz in der Nähe ihren Schrei ertönen. Silbrig leuchtete es auf, als ein Fisch für Sekundenbruchteile aus dem Wasser sprang. Ich spürte, daß meine Welt wieder in Ordnung war.

Nach einem erfrischenden Trunk brach ich zum Picknickplatz auf. Hoffentlich war auch dort alles wieder wie vorher, und tatsächlich, es gab reichlich gute Sachen, die von den Picknickern liegengelassen wurden. Während des Regens hatte es wirklich nur spärliche Überbleibsel gegeben.

Die Tonnen bargen zwar keinen Überfluß an Nahrung, doch für meinen ärgsten Hunger konnte ich genug finden. Ich lenkte meine Schritte dann zur Wiese. Vielleicht liefen mir noch ein paar Grillen oder andere schmackhafte Dinge als Nachtisch über den Weg, bevor mit dem Erscheinen der Sonne gerechnet werden mußte.

Auch auf der Wiese wimmelte es vor Leben. Frau Reh und

Cassandra bahnten sich auf der schattigen Seite der kleinen Fläche zierlich ihren Weg und ästen beim Gehen von den Gräsern. Drei von der Kaninchenfamilie spielten Nachlaufen oder Bockspringen – oder vielleicht ein komisches Mischmasch aus beiden. Die Regeln gingen wohl anders als bei jedem anderen Spiel, dem ich sonst zugesehen hatte. Sie hatten anscheinend riesigen Spaß daran. Eine Weile sah ich ihnen zu. Sie riefen mir zu, ich solle mich ihnen anschließen, doch ich konnte mich beherrschen. Meine Beine konnten niemals mit ihren mithalten.

Beim Weitergehen quer über die Wiese schaute ich nach etwas Eßbarem, als mich eine Stimme überraschte, die mich beim Namen rief. Ich sah schnell auf und entdeckte Andy, wie er auf mich zukam. Ich eilte, ihm zu begegnen, und dabei mußte ich grinsen.

„Hallo, Andy."

„Hallo, Toby." Er war außer Atem.

„Was treibt dich auf die Wiese?"

„Na", quiekte er, „ich hab' gehört, daß der Bach wieder über die Ufer getreten war, und du hattest gesagt, daß du in dieser Gegend wohnst, und deshalb wollte ich mal nachsehen..."

„Mir geht's gut. Mein Baumstamm wurde auch überschwemmt. Ich schlafe vorübergehend woanders, bis alles wieder getrocknet ist. Trotzdem bin ich froh, wenn ich wieder nach Hause kann." Andy nickte verständnisvoll.

„Tja", sagte er, „ich freu' mich, daß es dir gutgeht."

Dann unterhielten wir uns über etwas anderes. Ich erzählte Andy alles über unseren Teich und wie schnell die Biber gearbeitet hatten, um den Damm zu reparieren. Er sprach darüber, wie der starke Regen auf die Tiere im Pinienwald gewirkt hatte. Sie hatten sich darum gesorgt, daß es beim Sturm auch Blitz und Donner und damit einen Waldbrand hätte geben können. Der Wald war nämlich wegen einer langen Hitzewelle sehr trocken geworden. Die Tiere der Nachbarschaft fühlten sich jetzt, nach dem starken

Regen, viel sicherer, und eigentlich waren sie für den gleichen Regen dankbar, der mich beinahe fortgespült und das Leben aller Teichbewohner bedroht hatte.

Wir waren froh darüber, daß nach dem Sturm kein wirklicher Schaden zurückgeblieben war. Tatsächlich hatte er auch sein Gutes gehabt. Wir schlenderten zum Teich hinunter, um nach dem Rechten zu sehen. Immer noch war der Wasserstand höher als normal, doch der Biberdamm regulierte den Zufluß jetzt wieder genau. Das Pinienwaldgebiet lag weiter bachabwärts, und deshalb konnten die Tiere da unten sich auch weiterhin auf ihre Wasserversorgung verlassen.

„Ich sollte jetzt lieber gehen“, sagte Andy mit seiner Quiekstimme. „Ich komm’ nicht so schnell vorwärts, und zu meiner Waldgegend habe ich ein ziemliches Stück zu laufen.“

„Herzlichen Dank noch mal, daß du gekommen bist. War wirklich schön, dich wiederzusehen“, versicherte ich ihm. „Wenn ich weiß, wo ich dich treffe, komm’ ich eines Nachts rüber und besuche dich.“

„Vielleicht haben wir eines Nachts mal Zeit dafür, daß ich dich abhole. Ich würde dir gerne unsere Gegend im Wald zeigen und dich meinen Freunden und meiner Familie vorstellen.“

„Hast du eine große Familie?“ fragte ich ihn.

„Nein, eigentlich nicht. Nicht wie die Kaninchen. Bei denen hat man den Eindruck, daß man überall welche trifft, egal, wohin man geht. Wir sind nicht so zahlreich, und wenn wir erwachsen werden, verstreuen wir uns. Leider kommen wir nicht allzuoft zusammen. Ich habe eine Schwester, die gar nicht so weit weg wohnt, und wir treffen einander ziemlich häufig. Sie hält Kontakt zu meiner Mutter, die wiederum zu meinem ältesten Bruder, der von meinem jüngsten Bruder berichten kann. Über diese Ecken bleiben wir also miteinander verbunden.“

Mir wurde sehr traurig zumute. Ich hatte nicht mal eine

Schwester in der Nähe. Und ich hatte keine Ahnung, wo meine Mutter war oder andere Familienmitglieder. Zum ersten Mal seit Wochen wagte ich den Gedanken, daß ich sie vielleicht nie wiedersehen würde. Ich mußte weit, weit vom Wald entfernt sein, in dem ich geboren war.

Andy sprach wieder von unserer nächsten Verabredung, und schnell verging das Gefühl der Einsamkeit.

„Ich werde meine Wohnung im Baumstamm saubermachen müssen. Dann muß sie trocknen und mit Blättern und Moos wieder neu ausgelegt werden", sagte ich ihm. „Hoffentlich dauert es nicht mehr lange, bis das Wasser abgeflossen ist und ich damit anfangen kann. Danach könnte ich eigentlich jede Nacht kommen."

„Gut", quiekte er, „ich lasse dir noch ein paar Tage Zeit, und dann suche ich dich wieder auf."

„Toll!" sagte ich. „Bis bald dann."

Er ging, und ich schlug den Pfad zu meinem Behelfsheim ein. Wir riefen einander noch dies und das zu, als wir in verschiedenen Richtungen den Teich verließen, bis wir uns mit Rufen nicht mehr erreichen konnten.

Ich war noch nicht weit gekommen, als ich Fifi und Minna von der Kaninchenfamilie traf. Beide sahen wohlgenährt und pummelig aus. Das sagte ich ihnen nicht, aber ich dachte bei mir, daß sie sich tatsächlich zu kleinen Dickerchen entwickelten.

„Hallo, Toby", sagten sie gleichzeitig, und dann kicherten beide. Das Kichern fand ich nicht besonders gut, aber ich antwortete doch höflich.

„Wohnst du jetzt hier in der Gegend?" fragte Minna.

„Nur ein paar Tage lang", antwortete ich.

„Und wohin gehst du dann?" wollte Fifi wissen.

„Nach Hause – zu meinem Baumstamm."

Da sahen sie beide überrascht aus. Ich wunderte mich darüber, fragte aber nicht nach. Fifi wechselte das Thema.

„Junge, hatten wir heute nacht ein gutes Essen", bemerkte sie und klopfte sich ihr pralles Bäuchlein. Minna kicherte wieder.

Ich wollte am liebsten sagen: „Ja, das habe ich auch schon gemerkt“, doch statt dessen fragte ich: „Wo?“

„Tja“, fing Fifi an und verdrehte ihre Augen. „Wir dürfen eigentlich nicht... Mama sagt... aber wir sind aufs Gartenbeet von Frau Einmacher gegangen.“

„Dummchen, sie heißt doch nicht Einmacher“, piepste Minna. „Das *macht* sie doch bloß. Sie heißt Peters.“

Die Kaninchen lachten dann beide so sehr, daß ich Angst hatte, ihre wohlgenährten Bäuche könnten platzen. Wenigstens Minna konnte sich schließlich beherrschen.

„Magst du Gartengemüse?“ fragte sie mich.

„Ach, wahrscheinlich nicht“, unterbrach Fifi. „Er mag Grillen und Frösche und so.“

„Aber ja, natürlich“, stellte ich schnell richtig. „Ich mag alles mögliche. Ich weiß noch, wie ich mit meiner Familie einen Garten besucht habe, wo wir eine Menge gute Sachen fanden. Ich mag besonders Erdbeeren.“

„Frau Peters hat keine Erdbeeren“, sagte Fifi.

„Du meinst Frau Einmacher“, neckte Minna sie, und wieder brüllten sie vor Lachen. Ich entschuldigte mich und sagte: „Auf Wiedersehen“, sobald ich den Eindruck hatte, daß die Höflichkeit kein Bleiben mehr verlangte. Sie hielten sich immer noch die Bäuche und wälzten sich vor Lachen auf dem Boden, als ich ging.

Dann kam ich zu meinem Behelfsheim. Ich sagte mir, daß ich eigentlich etwas Moos und ein paar Blätter aufsammeln sollte, damit ich es etwas weicher hätte, doch dann dachte ich wieder daran, daß ich sehr bald in meinem eigenen Bett sein würde. Und dann wäre alles Zeitverschwendung gewesen. Außerdem war ich sehr müde nach dieser langen Nacht der Nahrungssuche und Gespräche. Bald mußte die Sonne aufgehen, und ich wollte nichts anderes, als mich hinlegen und schlafen. Also ließ ich es bleiben. Ich kroch in das dunkle, feuchte Loch unter dem abgeknickten Baum und rollte mich so gemütlich wie möglich zusammen. Bald lag ich in tiefem Schlaf.

Kapitel 15

Als ich am nächsten Abend aufstand, nahm ich mir vor, zuerst nach meiner alten Wohnung zu sehen und dann erst den Teich aufzusuchen. So sehr sehnte ich mich nach meinem eigenen Zuhause.

Ich trabte den Pfad entlang in die Richtung, wo mein Baumstamm am Bachufer lag. Da traf ich zwei von der Kaninchenfamilie. Sie kamen kurzerhand mit, und zusammen machten wir uns zum Baumstamm auf. Die Eichhörnchen hörten uns kommen, und obwohl es für sie zum Herumhüpfen eigentlich zu spät war, kamen auch sie mit. Sogar zwei jüngere Waschbären leisteten uns Gesellschaft, und kurz vor unserer Ankunft auch noch ein Opossum.

Unterwegs schwatzte ich ununterbrochen und teilte mit, daß ich so bald wie möglich die Baumhöhle saubermachen und mit trockenem Material ausfüttern wollte, damit ich wieder einziehen konnte. Meine Nachbarn ließen sich durch meinen Redefluß nicht davon abhalten, selbst etwas zu sagen, und wir machten einen ziemlichen Radau, als wir den Waldpfad entlangzogen. Eine Eichelhähermutter ließ sich sehen und schimpfte uns tüchtig aus. Eben habe sie ihre Jungen zum Einschlafen gebracht, und unsere lärmende Unterhaltung habe sie wieder geweckt. Ich murmelte eine Entschuldigung, doch Frau Eichelhäher schimpfte so laut, daß sie mich nicht hören konnte. Trotzdem versuchten wir, etwas leiser voranzukommen. Sogar die Eichhörnchen bemühten sich.

Als wir auf das Gelände mit meinem Baumstamm kamen, war ich so aufgeregt, daß ich mich kaum beherrschen konnte. Ich stellte fest, daß das Wasser zurückgegangen war, und ich hoffte von ganzem Herzen, der Baumstamm möge schon trocken genug sein, so daß ich mit meiner Aufräumarbeit anfangen könnte.

Eifrig rannte ich vor und blieb dann plötzlich stehen. Ich war erst einmal verwirrt. Mein Baumstamm lag nicht da, wo ich ihn erwartet hatte. Ich hatte mich wohl durcheinanderbringen lassen. Ich blickte umher, versuchte, mich zu orientieren und mir klar darüber zu werden, ob ich nach links oder nach rechts sollte. Alle meine Tierfreunde standen genauso herum und sahen angestrengt mal dahin, mal dorthin.

„Ist ja komisch“, sagte ich endlich. „Ich dachte, daß...“

„Hier ist er nicht“, unterbrach mich Siggi. „Er ist weg.“

„Wie meinst du das? Weg? Er muß hier irgendwo sein“, sagte ich lahm, machte meinen Hals lang und blickte so weit umher, wie ich sehen konnte.

„Wonach sucht ihr?“ fragte jemand über uns mit freundlicher Stimme. „Vielleicht kann ich euch behilflich sein.“

Alles blickte nach oben, wo eine sehr große Eule auf einem Ast saß.

„Tobys Baumstamm“, ließ sich Siggi hören. „Er mußte ihn aufgeben, als der Bach über die Ufer trat, und jetzt ist er anscheinend nicht mehr da.“

„Nein“, sagte die Eule, „leider ist er weg.“

„Kannst du uns dann vielleicht sagen, wo wir suchen sollen? In dieser Richtung, oder dort drüben?“ fragte ich hastig.

„Oh nein, gar nicht!“ sagte die Eule. „Er ist nicht hier oder da. Er ist weg.“

„Weg?“ wiederholten einige.

„Und wo?“ fragte ich schwach.

„Er ist genauso verschwunden, wie er gekommen ist“, sagte Frau Eule.

„Wie er gekommen ist?“

„Ja, mit dem Wasser."

Ich war sehr verblüfft und fing an, mich zu fragen, ob die Eule überhaupt wußte, worum es ging.

„Ich glaube, ich weiß nicht..."

„Der Baumstamm hat nicht immer am Bachufer gelegen. Hier wurde er nicht geboren, und hier wuchs er nicht heran", sagte die Eule.

Niemand stellte eine Frage.

„Nein, wirklich", fuhr sie fort. „Er ist so gekommen, wie er fortgeschwommen ist. Mit einer Flut."

„Mit einer Flut?"

Das wollte ich nicht glauben, aber vielleicht dämmerte mir allmählich etwas.

„Ja, mit einer Flut. Wer weiß, woher der Stamm wirklich kam. Er war zuerst nicht da. Dann, nach starkem Regen und einer Überschwemmung, lag er da. Er hat hier viele Regen- und Schneefälle überstanden, und mit der letzten Flut ist er eben weitergetrieben."

„Und wo kann ich ihn finden?" fragte ich. Gleichzeitig hatte ich Angst, daß selbst die Eule darauf keine Antwort hatte.

„Du kannst ihn nicht finden", sagte sie sehr bestimmt. „Er ist jetzt weg. Nicht einmal ich weiß, wie weit er getrieben ist oder wohin."

„Aber wo soll ich jetzt wohnen?" Kaum hatte ich gefragt, als die Freunde, die während meines Gespräches mit der Eule stillgehalten hatten, selbst mit ihren Fragen herausplatzten. Der Lärm war entsetzlich. Niemand hörte oder verstand, was der andere fragte oder antwortete. Es dauerte ein Weilchen, bis es der Eule gelang, uns wieder zur Ordnung zu rufen. Als es soweit war, sagte sie ganz einfach: „Du mußt dir ein neues Zuhause suchen."

Alles jammerte. Wieder bemühte die Eule sich um Ordnung.

„Ruhe, Ruhe", sagte sie. „Seid alle ruhig. Nun, mich überrascht euer Geplapper. Ihr wißt doch alle, daß es im Wald viele Wohnungen gibt. Hat man eine verloren, ist das kein großes Problem. Das passiert immer wieder. Wir müssen einfach weitermachen, eine neue Wohnung finden und sie so herrichten, daß sie zu uns paßt. Na, Siggi, hast du immer in der gleichen Wohnung gehaust?"

„Mhm... nein...", sagte Siggi.

„Und du, Ringo?" So hieß der eine Waschbär. „Du etwa?"

„Nein, aber –"

„Und du, Frau Flausch?" Sie wandte sich an ein Kaninchen.

Es schüttelte nur den Kopf.

„Na also", fuhr die Eule fort. „Im Wald gibt es haufenweise Wohnungen. Wir müssen uns nur eine suchen, die wir mögen, und sie uns passend einrichten."

Aber mir paßte das gar nicht. Ich liebte meine Baumwohnung, und ich glaube, die anderen Tiere konnten sich in meine Gefühle hineinversetzen.

„Aber ich –", fing ich an.

„Jedes weitere Gerede ist überflüssig", sagte die Eule. „Man muß sich nur fleißig an die Arbeit machen."

Einen Augenblick lang herrschte Ruhe, und dann sagte Siggi: „Wir helfen dir." Ein wahrer Chor brach los: „Wir helfen dir."

So viel Freundlichkeit tat mir wohl.

„Danke!" rief ich durch das Getöse. „Danke, das weiß ich zu schätzen. Wirklich. Aber Siggi, du hättest schon längst schlafen gehen müssen. Und ihr anderen, ihr braucht euer Frühstück. Ich finde, wir sollten alle ganz normal weitermachen und die Augen offenhalten für alles, was nach einer geeigneten Behausung aussieht. Dann können wir uns kurz vor Sonnenaufgang am Teich treffen und berichten, ob jemand etwas gefunden hat. Wenn nicht, dann schlafe ich wieder in meiner Behelfswohnung, und wir versuchen es morgen abend noch einmal. Falls Siggi in der Zwischenzeit bei Tageslicht etwas entdeckt, kann er es uns mitteilen."

„Gut gedacht“, sagte die Eule, und ich fühlte mich sehr erwachsen und klug.

Nach langem Hin- und Herrufen, Reden und Schwatzen brachen wir lärmend auf und versicherten einander, daß wir uns kurz vor Tagesanbruch am Teich treffen wollten. Auf meinem Weg zum Picknickplatz schlossen die Waschbären sich mir an.

Ringo versuchte, mich aufzuheitern. „Wenn wir uns alle umschauen“, sagte er, „finden wir im Nu ein neues Zuhause für dich. Und ich wette, daß du es noch lieber haben wirst als das alte.“

Ich wollte von ganzem Herzen hoffen, er möge recht haben. Aber ich muß gestehen, daß mir das doch ein bißchen zweifelhaft erschien.

Kapitel 16

Es ging auf Sonnenaufgang zu, als ich zum verabredeten Treffpunkt mit meinen Freunden zum Teich eilte. Als ich in dieser Nacht durch den Wald gezogen war, hatte ich mich gründlich umgeschaut, aber nichts gefunden, was nach einer geeigneten Wohnung für mich aussah. Hoffentlich war wenigstens einer meiner Freunde erfolgreicher gewesen.

Ich näherte mich dem Teich. Viele waren schon dort versammelt. Sie unterhielten sich aufgeregt, wie das Stimmengewirr anzeigte. In der Erwartung, daß jeder mir zwei oder drei Stellen zeigen wollte, lief ich auf sie zu. Doch das war nicht der Fall. Als ich näher kam, verstummte das Geplapper ganz, und jeder wartete anscheinend darauf, daß ein anderer anfing.

„Na?" fragte ich erwartungsvoll. „Wer fängt an?"

Keine Antwort.

„Hat nicht jemand etwas Nettes gefunden?" fragte ich langsam. Sie schüttelten nur die Köpfe. „Ich auch nicht." Auch ich schüttelte den Kopf. Ich mußte mich sehr traurig angehört haben. Niemand sagte etwas.

Ich wollte schon auf dem gleichen Wege zurückgehen, als eine tiefe Stimme über mir fast vorwurfsvoll fragte: „Warum so verdrießlich? Du hast Zeit genug. Du hast erst eine Nacht lang gesucht. Es gibt viele Wohnungen in dieser Gegend. Die richtige wird sich schon zur rechten Zeit finden." Das war die Eule.

Ich stellte meinen traurig herabhängenden Schwanz hoch

und plusterte ihn verwegen auf. Natürlich hatte sie recht. Ich drehte mich wieder zu meinen Freunden um.

„Suchen wir eben weiter. Es gibt hier im Wald eine Menge guter Wohnungen. Wir brauchen bloß die richtige zu finden."

Zustimmender Lärm folgte meiner Feststellung.

„Und jetzt", sprach ich weiter, „verschwinden wir lieber alle ins Bett, bevor die Sonne zu hoch am Himmel steht und die Tageswesen denken, daß wir nach der Nacht auch noch den Tag erobern wollen."

Die Waldbewohner lachten über meinen nicht sehr gelungenen Versuch, witzig zu sein. Auch wenn mein Scherz nicht besonders gut war, tat uns doch allen das Gelächter wohl, und mit viel besserer Laune zogen wir ab in unsere Betten.

In meiner Behelfswohnung konnte ich nur schlecht schlafen. Sie war ganz und gar nicht nach meinem Geschmack. Ich mußte mir immer wieder vorstellen, daß ich vielleicht nichts besseres fand und den Rest meines Lebens hier verbringen würde. Nun ja, wenn es sein mußte, mußte es eben sein. Dann wollte ich mir halt Mühe geben, hier aufzuräumen und es mir so gemütlich wie möglich zu machen. Ganz bestimmt. Der Gedanke stimmte mich nicht gerade fröhlich, aber besser so, als sich über etwas Unabänderliches zu grämen.

Am Abend danach erhob ich mich von meinem harten Bett und brach zum Teich auf. Der erste Punkt der Nachtordnung war die Sorge für meinen Bauch. Nach dem Trinken kamen die Picknicktonnen dran. Auf dem Platz summte es schon vor Aktivität. Von überallher wurde ich gefragt, ob ich schon etwas gehört hätte. Nein, mußte ich antworten, aber bestimmt würde sich bald etwas finden.

Die Tonnen gaben nicht so viele gute Sachen her wie im Frühsommer, und die meisten von uns mußten hungrig vom Platz und weitergehen, um zu sehen, was sich finden ließe.

Ich traf Minna und Fifi, und sie meinten, ich dürfe gern mit ihnen zu Frau Peters Gartenbeet kommen. Frau Peters sei immer schon im Bett, wenn sie kämen, weil sie eher ein Wesen des Tages als ein Nachttier sei. Sie sagten aber zur Warnung, daß sie einen Hund habe und daß der keinen großen Unterschied zwischen Tag und Nacht mache und jedesmal anfange zu bellen, wenn er gestört werde. Sie trauten sich trotzdem zu, den Garten zu plündern, ohne daß er Alarm schlage.

Das hörte sich gut an, und ich war hungrig. Die prallen Bäuche der Kaninchen nach ihrem Gartenbesuch waren mir noch in guter Erinnerung, und deshalb bedankte ich mich bei ihnen und trabte neben ihnen los.

Es war ein gutes Stückchen bis zu den Peters. Bestimmt hätten die Kaninchen den Weg viel schneller geschafft, wenn sie sich nicht meinem Tempo angepaßt hätten. Ich fragte mich, ob sie sich wohl über meine Langsamkeit ärgerten, aber sie ließen sich nichts anmerken. Ich kam zu dem Schluß, daß Kaninchen sehr höfliche und geduldige Leute sind.

Als wir endlich bei den Peters ankamen, fand ich alles so vor, wie die Kaninchen gesagt hatten. Der eingezäunte Garten war voller Leckereien. Die Nahrung war von den Menschen schon teilweise geerntet worden, doch eine ganze Menge war immer noch übrig.

Ich schnüffelte umher, versuchte hier ein Häppchen und da ein Pröbchen. Das meiste war köstlich, obwohl ich ein oder zwei Sorten aufspürte, die ich lieber den Kaninchen überlassen wollte. Alles war nicht mein Fall.

Wir aßen uns satt, und jeder langte noch einmal zu, als wir den Garten verließen. Am letzten Bissen kauten wir noch, als wir den Weg zum Wald entlanghoppelten. Wir hatten uns so gierig vollgefressen, daß wir nichts weiter wollten, als irgendwo unterkriechen und schlafen. Sogar die Kaninchen waren nicht darauf bedacht, schnell vorwärtszukommen. Ihre Bäuche waren schließlich genauso prallvoll wie meiner.

Ich dachte schon, wir würden nicht mehr am Teich ankommen, doch schließlich hatten wir es geschafft. Unsere

Freunde warteten schon. Ich fürchte, sie waren etwas ungeduldig. Erst da merkte ich, daß ich bei all meiner Freßlust der Suche nach einem zukünftigen Zuhause nicht einen Gedanken gewidmet hatte. Mir schoß das Blut ins Gesicht, als mir das in den Sinn kam. Wie konnte ich erwarten, daß meine Freunde sich daran erinnerten, wenn sogar *ich* es vergessen hatte?

Was ich in dieser Nacht zu hören bekam, war nicht allzu ermutigend. Ich hörte ein paar Vorschläge – hier und da hatte jemand etwas gesehen. Aber immer hatte jemand anders das gleiche entdeckt und meinte, das sei überhaupt nichts Passendes. Wir wollten schon aufbrechen, als Siggi angehüpft kam.

„He!“ rief er. „Habt ihr was gefunden?“

Einstimmig antworteten wir, daß nichts gefunden worden sei.

Siggi kam rutschend zum Stehen. Er keuchte, so sehr war er gerannt. „Ich habe einen umgestürzten Baum gesehen“, sagte er. „Man könnte daraus etwas machen.“ Und dann fing er mit seiner Beschreibung an. Er kam nicht weit. Ich stellte bald fest, daß er von meiner jetzigen Bleibe sprach. Ich lächelte ihn an.

„Ja“, sagte ich. „Das hab’ ich auch gesehen. Eigentlich wohne ich schon drin.“

Siggi sah etwas verlegen aus. Das tat mir leid, und so fuhr ich fort: „Und wenn ich nichts anderes finde, wird es bestimmt damit klappen. Ich brauche mir nur ein Bett herzurichten, einen Schutz gegen den Nordwind schaffen, und dann…“

Ich sagte nichts mehr. Die Stelle gefiel mir immer noch nicht.

Wir nahmen uns alle vor, nach Hause und zu Bett zu gehen und es nächste Nacht noch einmal zu versuchen. Wir waren gerade auf dem Wege, als Cassandra und Mutter Reh ankamen. Beide waren sehr zurückhaltend und suchten selten die anderen Tiere auf, obwohl sie die höflichsten

Wesen im ganzen Walde waren. Als sie jetzt zu uns stießen, kam in der ganzen Gruppe so etwas wie Erregung auf.

„Wir haben gehört, daß du dir ein Zuhause suchst, Toby", sagte Frau Reh.

„Das stimmt", antwortete ich sehr leise, denn niemand sprach laut oder grob mit Frau Reh.

„Cassandra meint, daß sie vielleicht etwas gefunden hat. Sag's ihm, Liebling", und sanft stupste sie Cassandra vor.

Cassandras Stimme klang aufgeregt.

„Es ist drüben bei unserer Wiese", sagte sie. „Da ist ein Stamm, ganz ähnlich deinem letzten, nur etwas größer, glaube ich. Er ist trocken und an einer Stelle, wo er von einer Flut sicher nicht erreicht wird. Und er ist beinahe versteckt, also wird dich niemand stören."

Den Rehen war solche Verborgenheit natürlich sehr wichtig. „Er liegt dicht an der Wiese und nicht weit vom Teich oder vom Picknickplatz entfernt", schloß sie.

Ich war furchtbar gespannt.

„Können wir ihn uns ansehen?" fragte ich und vergaß fast jede Höflichkeit. „Kannst du ihn uns zeigen?"

„Natürlich", war die Antwort, und sie wandte sich um und ging vor.

Wir alle folgten ihr. Die anderen Tiere des Waldes waren wohl genauso begeistert wie ich über die Möglichkeit, ein neues Zuhause für mich zu bekommen. Wir versuchten, uns höflich und gesittet zu benehmen, wie wir dem Reh hinterherstürmten, doch etwas Geplapper und Gehopse gab es schon, fürchte ich.

Als wir an Ort und Stelle waren, mußte uns Cassandra direkt zum Baumstamm führen, so versteckt lag er. Keiner von uns, glaube ich, hätte ihn von sich aus entdeckt. Wie hatte sie ihn bloß gefunden?

Der Eingang, obwohl teilweise verdeckt, war breit und erlaubte problemloses Hindurchkommen. Selbst mit meinem prallen Bauch hatte ich keine Schwierigkeiten, bequem hineinzuschlüpfen. Innen war es einfach vollkommen. Nach hinten zu gab es ein ideales Schlafzimmer. Es war schon vom Staub des zerfallenden Stammes weich, und mit ein wenig Moos und ein paar trockenen Blättern mußte es gemütlich und warm sein. Ich sehnte mich danach, mich auf der Stelle einzurollen und es als mein Zuhause in Besitz zu nehmen.

„Donnerwetter!“ sagte ich und schaute mich grinsend um.

Ich ging zu Cassandra hinaus, um ihr zu sagen, daß es genau das wäre, wonach ich gesucht hätte. Als ich hinauskam, gingen meine Freunde der Reihe nach hinein, um sich mein neues Zuhause anzusehen. Sie waren genauso begeistert wie ich, und einer nach dem anderen sagte mir, daß er noch nie in so einer hübschen Skunkwohnung gewesen sei.

Ich dankte Cassandra von ganzem Herzen. Ich konnte ihr wohl niemals richtig zum Ausdruck bringen, wie sehr ich die Wohnung schätzte, die sie mir gesucht hatte.

Schüchtern senkte sie ihren Kopf, schenkte mir aber ein bezauberndes Lächeln.

Das Stimmengewirr und Schwatzen um mich herum erinnerten mich an meine anderen Freunde.

„Wie willst du sie dir einrichten?“

„Was brauchst du alles?“

„Machen wir's doch gleich.“

„Was sollen wir mitbringen?“

Alle sprachen auf einmal. Sie würden erst dann glücklich sein, wenn alles ordentlich eingerichtet war. Ich zwang mich, meine müden Augen noch ein bißchen offenzuhalten, damit ich meinen Freunden Rede und Antwort stehen konnte.

„Ich mache es mit Blättern und Moos“, entgegnete ich. Die Tiere huschten in alle Richtungen fort.

Siggi war bald mit so viel weichem, trockenen Moos zurück, wie sein Mäulchen fassen konnte.

„Geh du am besten rein. Wir bringen dir das Material, und du kannst es so verteilen, wie du es brauchst“, sagte er mir.

Ich ging hinein und legte Siggis Moos an den richtigen Platz.

Eine Ladung Moos und Blätter nach der anderen wurde herbeigeschafft. Ich schob, stopfte und verteilte alles, wo immer ich es hinhaben wollte. Und immer mehr wurde gebracht. Ich stopfte noch etwas dazu und trat es mit den Füßen fest, schob am Kopfende etwas nach und polsterte das Bett noch mehr aus. Es wirkte so einladend, daß ich mich kaum zurückhalten konnte, gleich hineinzukriechen. Ich ging hinaus, hielt den Transport auf und teilte meinen Freunden mit, daß ich jetzt alles hätte, was ich brauchte. Die Vögel hatten sich jetzt um meinen Eingang versammelt. Sogar die Eichelhäher waren hinzugekommen. Statt wie sonst ein Geschimpfe anzuheben, machten sie sich zu den Sprechern.

„Ein Bett wird erst durch Federn weich", sagte Frau Eichelhäher und überreichte mir mit ihrem Schnabel eine Feder. Ich wußte kaum, was ich sagen sollte. Noch nie hatte ich auf einer Feder geschlafen.

„Wenn du mal kurz hinauskommst", sagte Frau Fink in ihrer ruhigen Art, „dann gehen wir einfach rein und verteilen sie."

Ich trat ins Freie. Der Reihe nach gingen nun die Vögel mit je einer Feder im Schnabel hinein und hüpften sofort wieder heraus, zufrieden lächelnd. Sie waren sicher stolz auf ihr Geschick, mit dem sie mein Bett passend herrichten konnten.

„Das wär's", sagte Frau Spatz, die letzte Federträgerin. Sie war recht zufrieden, daß mein Bett jetzt bereit war, belegt zu werden.

„Danke – ich danke euch allen. Für das Moos und die Blätter... und für die Federn. Und ich danke dir, Cassandra, für das Zuhause. Ich werde hier bestimmt sehr glücklich. Ich kann das Ausprobieren kaum abwarten."

Und so war es. Die Sonne beschien jetzt die Erde, wärmte uns und machte uns Nachttiere richtig schläfrig. Meine Freunde waren bestimmt sehr müde. Um so mehr wußte ich es zu schätzen, daß sie so lange wachgeblieben waren, um mir beim Einzug zu helfen.

„Und jetzt", sagte ich, „gehe ich hinein und probiere es zum ersten Male aus."

Sie gingen weg, zu zweit und zu dritt, und eilten auf den verschiedensten Wegen zu ihren Wohnungen. Ich kroch in mein neues Zuhause und in mein neues Bett. Es war so weich wie eine Wolke. Ob wohl jemals ein Skunk ein Bett aus Federn besessen hatte? Es war absolut zauberhaft. Ich ringelte mich so eng zusammen, wie mein voller Bauch es zuließ, und ließ meinen Körper tief im weichen Bett versinken. Dann schlief ich ein. Und wie ich schlief! Nie war mein Schlaf bequemer oder tiefer gewesen. Ich schwor mir, daß ich meinen Freunden im Wald unbedingt erzählen mußte, daß es kein weicheres Bett, daß es kein herrlicheres Zuhause geben konnte als meins.

Kapitel 17

Beim Aufwachen am nächsten Abend fühlte ich mich großartig. Mein voller Bauch hatte mir Zufriedenheit verliehen, und mein weiches Bett hatte für tiefen Schlaf gesorgt. Ich stieg nur ungern aus meinem bequemen Lager, aber ich sagte mir, daß ich damit schließlich etwas hatte, worauf ich mich bei der Rückkehr freuen konnte. So überredete ich mich zum Aufbrechen.

Ein paar von meinen Freunden warteten schon an der Tür, als ich zum Vorschein kam. Sie wollten bloß wissen, wie mir mein Bett gefallen hatte. Ich konnte ihnen versichern, daß mein Schlaf noch nie besser gewesen sei. So, wie ich aussah und wie ich dazu grinste, fanden sie das bestimmt überzeugend.

Zusammen brachen wir zum Teich auf. Die Luft war kühl. Es war meinem Gefühl nach schon seit einiger Zeit so, und jede Nacht wurde es anscheinend kälter.

Auch die anderen Tiere merkten das wohl. Ohne etwas dazu zu sagen, beeilten wir uns mit der Suche nach dem Frühstück. Wir alle wollten anscheinend so schnell wie möglich zurück in die Betten.

Und wieder gab der Picknickplatz für ein anständiges Essen nicht viel her. So ging ich mit den Kaninchen zum Garten von Frau Peters. Ich entdeckte dort auch einen Waschbären, doch auf unseren knappen Gruß hin zog er sich ans andere Ende des Gartens zurück und machte den Eindruck, als wäre es ihm nur recht, wenn wir auf unserer Seite blieben. So geschah es. Für jeden war mehr als genug da, also war jeder Streit überflüssig.

Wir aßen hastig und machten uns danach mit vollen Bäuchen auf den Weg nach Hause. Als wir den Weg entlangtrabten, hörte ich den Hund bellen. Ein anderes Tier, das sich nicht so vorsichtig und sorgfältig wie wir benommen hatte, mußte in den Garten gekommen sein, und der Wachhund war aus seinem Schlaf gefahren.

Ich war froh, daß wir satt und auf dem Nachhauseweg waren. Für uns war der bellende Hund keine Gefahr.

Es ging langsam voran, und als sich unsere Wege trennten, wünschte ich den Kaninchen eine gute Nacht und eilte frohen Herzens in mein Bett. Was für ein schönes Gefühl, das eigene Zuhause zu betreten und sich tief in ein warmes und kuscheliges Bett verkriechen zu können. Wieder schlief ich gut und war meinen Freunden, die mir solche Bequemlichkeit verschafft hatten, sehr dankbar.

In den folgenden Tagen und Nächten verlief mein Leben ziemlich nach dem gleichen Muster. Tagsüber schlief ich, nachts jagte ich überall am Wegesrande. Frau Peters räumte ihren Garten ab, und als sie damit fertig war, blieb nur noch verschwindend wenig übrig. Anscheinend war sie entschlossen, das kleinste bißchen sorgfältig für den Winter zu verstauen. Das Wetter wurde immer kälter. An mehr als einem Morgen war das Gras überfroren, wenn ich zu meinem Baumstamm zurücklief. Auch bei meinen Freunden veränderte sich manches. Vielen war ein dickeres Fell gewachsen, und bei den Kaninchen war aus dem Sommerbraun ein Winterweiß geworden. Die Eichhörnchen waren von Sonnenaufgang bis Sonnenuntergang fleißig. Oft hörte ich ihnen zu, wie sie mit Samen und Nüssen in ihren Mäulchen hin- und herhuschten. Als ich Siggi fragte, was sie vorhätten, antwortete er, ohne seine Tätigkeit dabei zu unterbrechen: „Einen Vorrat anlegen – für den Winter.“

Die Rehe zogen sich tiefer in den Wald zurück. Also sah

ich Cassandra und ihre Mutter nicht mehr. Ich dachte daran, mal nach Andy zu schauen. Wir hatten immer noch keine Verabredung für unseren Ausflug in seinen Wald getroffen. Eines Tages jedoch ließ er mir ausrichten, daß er es für das beste hielt, bis zum Frühling zu warten. Ich war einverstanden. Ich wollte nachts nicht länger als unbedingt notwendig draußen bleiben.

Die Tage vergingen. Es wurde immer kälter. Mich überkam der Wunsch, mich einfach einzurollen und zu schlafen, nur zu schlafen. Solange ich in meiner Gegend Nahrung fand, hatte ich das Gefühl, mich bewegen zu müssen und nach Essen zu jagen. Aber jedesmal nach der nächsten Nacht wurde mir klar, daß ich mich nicht mehr lange zum Aufbruch überreden könnte. Das Essen wurde immer knapper, und meinen Körper drängte es immer mehr, sich in das warme Bett einzugraben und die ganze Welt draußen zu vergessen.

Eines Nachts sprach ich mit den Kaninchen darüber, als wir vom fast leergeernteten Garten zurückkamen.

„Habt ihr auch das Gefühl, als wolltet ihr einfach zu Bett gehen und schlafen, nur schlafen?“ fragte ich sie.

„Nein, warum? Du denn?“

„Auf jeden Fall“, erwiderte ich. „Ich kann mich kaum noch zu einer Bewegung aufraffen.“

„Dann laß es bleiben“, meinten sie bloß.

„Ich hab’ aber keinen Vorrat“, sagte ich. „Siggi dagegen ist schon seit Wochen fleißig dabei.“

Sie schätzten mein pralles Bäuchlein ab.

„Da steckt dein Vorrat drin“, machten sie mir klar.

Ich blickte auf die Rundungen hinab und erkannte, daß sie recht hatten. Ich mußte lachen.

„Wahrscheinlich stimmt das. Das ist also mein Vorrat?“

Zusammen gingen wir weiter. „Habt ihr denn einen Wintervorrat?“ fragte ich sie. Sie schüttelten den Kopf.

„Kein Bedarf!“ sagten sie. „Für uns gibt es den ganzen

Winter lang genug zu essen. Wir knabbern Rinde und ähnliches, wenn die Gärten leer sind."

„Bin ich der einzige, der alles verschläft?" Hoffentlich war ich nicht *ganz* so verschieden von allen anderen Tieren.

„Oh nein", versicherten sie mir eilig. „Eine ganze Menge Tiere schlafen den ganzen Winter lang."

Da fühlte ich mich ein wenig besser. Wenigstens brauchte ich mir keine Faulheit vorzuwerfen.

Als wir an der Weggabelung anlangten, blieb ich kurz stehen.

„Wißt ihr was?" sagte ich. „Ich finde, ich sollte jetzt genau das tun."

„Was denn?" fragte Herr Kaninchen.

„Schlafen. Einfach ins Bett gehen und schlafen, nur schlafen."

„Wahrscheinlich ist es soweit", sagte Frau Kaninchen.

„Oh ja, es ist soweit. Ein paar Tiere sind schon zu Bett gegangen. Es ist ganz schön kalt geworden."

„Woher soll ich wissen, wann ich aufstehen muß?" fragte ich, weil mich der Gedanke beunruhigte, einfach immer nur weiterzuschlafen.

„Das wirst du schon merken."

„Gar kein Problem. Die anderen wissen das auch immer."

„Ich weiß nicht, wovon sie wach werden, aber sie merken es."

„Der Frühling – wenn der kommt, dann wird dir schon klar, daß es soweit ist."

All diese Beruhigungen hallten mir in den Ohren. Sie trugen dazu bei, daß ich meinen Entschluß viel entspannter fassen konnte.

„Tja", sagte ich, „wir sehen uns dann ja wohl im Frühling wieder. Hoffentlich kommt ihr alle gut durch den Winter."

Ich warf noch einmal einen Blick auf meine Kaninchenfreunde, die sich vor meinem Eingang versammelt hatten. Alle hatten dicke, warme, weiße Pelze an. Sie machten auch keinen müden Eindruck wie ich noch sahen sie besorgt aus

wegen des hereinbrechenden Winters. Eher sahen sie recht selbstzufrieden aus.

„Dann also bis zum Frühling", gaben sie zur Antwort und machten sich zu ihren Wohnungen auf.

Ich wandte mich meinem Zuhause im Baumstamm zu, das ich mein eigen nennen durfte. Jetzt fiel schon Schnee. Langsam schwebte er herab. Ich dachte an die Federn, die mein Nest polsterten. Der Schnee sah genauso leicht und weich aus, wie sich diese Federn anfühlten. Ein paar Minuten lang sah ich zu und ging dann zu Bett. Ich war so schläfrig. Ich brauchte nichts als einen tiefen, langen Schlaf. So rollte ich mich eng zusammen und ließ zu, daß meine Augen zufielen. Im Dunkeln lächelte ich vor mich hin. Mein Bett fühlte sich so schön an. Genau so wollte ich liegenbleiben. Die Welt, den Wald, die Wiese und den Teich – all das konnte ich ja im Frühling wiedersehen.

Kapitel 18

Schwach erinnerte ich mich, ein paarmal in den letzten Wochen aufgewacht zu sein, doch jedes Mal hatte ich mich nur umgedreht und war wieder eingeschlafen. Eigentlich war es mir ziemlich kurz vorgekommen, bis ich in mir den Drang verspürte, mich aus meinem warmen Bett zu erheben. Ich stand auf, steif wie ich war, streckte mich, gähnte, streckte und reckte mich wieder, und dann noch einmal von vorn. Wochenlang hatte ich meine Muskeln nicht gebraucht, doch es gab sie immer noch, auch wenn sie nicht so gut funktionierten wie zuvor, als ich sie zu Bett gebracht hatte.

Ich schnüffelte in die Luft. Es lag etwas anderes darin. Sie roch frisch und klar. Mich durchfuhr ein erregendes Gefühl. Vorsichtig und langsam bewegte ich mich vor.

An meinem Eingang angekommen, entdeckte ich eine Welt voll eifrigen Treibens. Ich wurde von Vogelliedern begrüßt, und die Tiere huschten hin und her. Zu meinem Erstaunen herrschte noch helles Tageslicht, und weil ich kein Tageswesen war, wandte ich mich wieder zögernd meinem Bett zu. Das fiel mir nicht leicht. Ich brannte darauf hinauszukommen, meine Freunde aufzusuchen und zu erfahren, wie der Winter gewesen sei. Außerdem meldete sich jetzt mein leerer Magen. Oh, was für ein Hunger! Ich sah an mir herab und stellte fest, daß ich während des verschlafenen Winters mein wohlabgerundetes Aussehen verloren hatte.

Ich versuchte, mich einzurollen und wieder einzuschlafen, doch mein Magen bestand darauf, mit irgend etwas gefüllt zu werden – und zwar bald. Schließlich gab ich nach und kroch wieder aus meinem Bett. Wenn ich vorsichtig war, durfte es wohl nichts ausmachen, wenn ich mir nur dies eine Mal mein Frühstück am Tage suchte.

Ich drang zum Eingang meiner Wohnung vor und spähte hinaus. Das helle Sonnenlicht tat meinen Augen weh, und ich brauchte eine ganze Weile, um mich daran zu gewöhnen. Schließlich hatte ich das Gefühl, gut genug sehen zu können, um zum Teich zu laufen. Also machte ich mich in diese Richtung auf.

An geschützten Stellen lag immer noch Schnee, und hier und da rann Wasser oder tröpfelte herab. An einigen sonnigen Plätzchen zeigten sich winzige grüne Spitzen. Ich hörte die Eichelhäher schelten. Ob sie wohl den ganzen Winter hindurch geschimpft hatten? In ihr Gezeter mischten sich einige Liedchen. Das waren die Singspatzen und Buchfinken. Die Rotkehlchen und die Stare waren noch nicht von ihrer Reise in den Süden zurück.

Der erste, den ich entdeckte, als ich den Pfad entlangeilte, war Siggi. Es sah aus, als habe er im Winter zu- statt abgenommen. Immer noch rannte er mit einer Nuß im Mäulchen herum – genau, wie ich ihn im Spätherbst zum letzten Male gesehen hatte. Als er mich wahrnahm, ließ er sie fallen und grüßte mich.

„Hallo, Toby. Wie war's im Winter?"

Ich lief ihm schnell entgegen.

„Schön. Ich habe wie ein Weltmeister in meinem Federbett geschlafen. Und wie ist es dir ergangen?"

„Der Winter war hart und lang", sagte er ernst. „Mir hat das nichts ausgemacht, weil ich einen riesigen Vorrat angelegt hatte, aber einige andere Tiere hat es hart getroffen. Die sind sicher froh über wärmeres Wetter und reichlicheres Essen."

Es überraschte mich, ihn so vom Winter reden zu hören. Ich hatte fast schon vergessen, daß es ihn überhaupt gegeben hatte.

„Wer hatte denn Probleme?“ fragte ich und machte mir Sorgen um meine Freunde.

„Hauptsächlich die Kaninchen. Die meisten sind sehr abgemagert. Sie müßten jetzt wieder kräftiger werden. Ich hab' heute morgen etwas grünes Gras gesehen. Das wird den Kaninchen sehr zugute kommen.“

Es tat mir leid, so etwas von meinen Freunden, den Kaninchen, zu hören. Ich mußte daran denken, wie einige von ihnen mich im Herbst so großzügig zum Garten mitgenommen hatten.

„Auch für die Vögel war es eine harte Zeit, aber die Peters haben ihnen Futterhäuschen aufgehängt, und das war eine sehr große Hilfe. Ich kann mir nicht vorstellen, wie sie es ohne die Hilfe der Menschen geschafft hätten.“

Siggi klang jetzt fröhlicher. „Aber jetzt ist Frühling, und wir alle werden wieder dick und rund.“

Ich sagte ihm nicht, daß ich ihn jetzt schon ziemlich dick und rund fand.

Plötzlich hielt er inne.

„Was machst du überhaupt hier draußen?“

Auch ich stockte.

„Es ist Frühling“, sagte ich bloß.

„Ich meine, jetzt am Tage. Hast du dich während des Winters in ein Tagtier verwandelt?“

„Nein“, lachte ich. „Ich bin einfach so hungrig, daß ich mal sehen wollte, was sich finden läßt.“

„Ich fürchte, viel wird noch nicht dasein. Keine Beeren, keine Picknicktonnen, nicht viele Insekten... vielleicht ein paar Frösche.“

„Frösche!“ sagte ich angewidert und erinnerte mich an meine lahmen Versuche, sie zu fangen.

Als wir am Teich ankamen, stellte ich überrascht fest, daß Teile davon immer noch mit Eis bedeckt waren. Eine kleine Fläche war frei, an der Strömung, wo die Biber die Öffnung dafür gelassen hatten. Es waren nicht viele Bekannte unterwegs. Die anderen Nachttiere waren erfahrener als ich und warteten auf den Einbruch der Nacht, bevor sie sich auf die Suche nach ihrem Frühstück machten.

Ich war furchtbar hungrig, aber Siggi hatte recht gehabt. Viel zu essen gab es nicht. Ich stöberte an Holzstücken und Steinen herum, scheuchte aber nur ein paar Kleinigkeiten auf. Die paar Bissen, die ich gefunden hatte, machten meinen Magen nur um so grimmiger. Schließlich fand ich, daß ich zu Bett gehen und auf die Dunkelheit warten sollte, wie es sich für mich gehörte. Ich kroch in mein Bett und umgab mich mit warmen Federn. Dann rollte ich mich eng zusammen und schaffte es, wieder einzuschlafen.

Erst einige Tage später kroch ich wieder aus meinem Bett hervor. Als ich schlafen gegangen war, hatte ich keine Ahnung gehabt, ob ich nicht wieder vor dem Dunkelwerden aufwachen würde... doch diesmal war es anders.

Als ich aus meinem Stamm kam, ging gerade die Sonne unter. Die Luft war immer noch frostig, doch der Duft frisch gewachsener Dinge umhüllte mich.

Ich blieb stehen und schnüffelte – erst dahin, dann dorthin. Alles roch so gut.

Wieder machte ich mich auf zum Teich. Diesmal traf ich unterwegs zwei aus der Kaninchenfamilie. Siggi hatte recht gehabt. Sie waren immer noch mager, obwohl sie mir versicherten, daß sie in den letzten Tagen sehr gutes Fressen gefunden hätten. Sie schienen ganz selbstzufrieden zu sein – und froh über den Frühling. Ihr Pelz war schon mitten in der Verwandlung in das sanfte Sommerbraun.

Nach einem Schwätzchen ließ ich sie stehen und lief weiter zum Spiegelteich. Ich konnte schon vor der letzten Biegung des Pfades die Frösche quaken hören, übrigens auch ihre Platscher, und das sagte mir, daß die anderen Tiere schon vor mir da waren.

Dort, zwei Waschbären. Einer war damit beschäftigt, sein Frühstück zu waschen, und der andere hockte sehr ruhig am Ufer. Aha, er versuchte sich im Fröschefangen, und so blieb ich stehen, wo ich war, um nicht seine Chancen zunichte zu machen. Da, eine schnelle Bewegung, und in der Pfote, die er aus dem Wasser zog, lag sein Frühstück.

In meinem leeren Magen wühlte es. Oh, wie ich ihn um sein Jagdglück beneidete. Ich wollte es auch versuchen. Mein Hunger machte mich zwar ungeduldig, aber ich mußte es versuchen. Anderes Essen gab es in dieser Gegend so früh im Jahr nicht.

Ich wagte mich so nah wie möglich ans Wasser und wartete mit angehaltenem Atem. Nichts um mich herum regte sich. Bestimmt hatte ich mir eine sehr schlechte Stelle ausgesucht, ganz und gar unbewohnt, und schon wollte ich mich enttäuscht abwenden, als mein Auge eine leichte Bewegung einfing. Ganz dicht bei mir sah ich ein großes Augenpaar. Ich wußte, noch war der Frosch außerhalb meiner Reichweite, und ich konnte nur hoffen, daß ich so lange warten konnte, bis er näher kam. Also stellte ich mich aufs Warten ein. Meine steifen Muskeln ächzten, und mein Magen knurrte. Das halte ich bestimmt nicht länger aus, dachte ich. Als ich gerade aufgeben wollte, kam der nächste Frosch auf diesen zugeschwommen. Er war ein dicker Kerl und schien in einer bestimmten Absicht gekommen zu sein. Mir schien, er wollte wohl selbst den kleineren Frosch als *seine* Mahlzeit. Ich sah ihn näher kommen – bewegungslos stand ich, jeden Muskel gespannt –, und gerade, als er angreifen wollte, schlug ich statt dessen zu. Ich wollte meinen Augen nicht trauen. Ich hatte ihn! Der kleinere Bursche quakte erst überrascht, dann glücklich und planschte fort.

Den Rest der Nacht verbrachte ich mit der Futtersuche und schnappte mir kleine Bissen, wo ich welche fand. Es war eine langwierige und mühselige Arbeit, und als die Nacht vorbei war und ich wieder in mein Bett stieg, war ich unzufrieden.

Die paar folgenden Nächte verliefen ähnlich, und dann passierte etwas Seltsames. Es fing wieder an zu schneien. Das alles verwirrte und frustrierte mich. Der Frühling hatte anscheinend nicht besonders lange gedauert. Und was war mit dem Sommer und dem Herbst? Ich hatte gar nicht gemerkt, daß sie gekommen und vergangen waren.

Ich eilte in meine Baumhöhle zurück und schüttelte meinen Kopf über die verdrehte Welt. Unterwegs traf ich Fifi. Minna war nicht dabei.

„Wohin gehst du?“ fragte Fifi mich. „Die Sonne geht noch nicht auf.“

„Ich will nach Hause“, sagte ich enttäuscht. „Schon wieder Schnee. Ich finde, es sollte nicht schon wieder Winter werden. Ich hab’ noch nicht mal ein anständiges Essen bekommen, und schon wieder –“

Fifi fing an zu lachen.

„Großvater meint, es könnte bis zum Sommer noch oft schneien. In diesem Frühling hat es schon oft geschneit und wieder getaut. Du hast das nur verpaßt, weil du noch geschlafen hast, weiter nichts. Bestimmt schmilzt die Sonne gleich frühmorgens alles.“

„Glaubst du das wirklich?“

„Sicher… wart’s nur ab.“

Nach Fifis Worten ging es mir besser, aber ich ging trotzdem zu Bett. Wieder schlief ich tagelang, bevor ich aufwachte und herauskam. In einem Punkt hatte Fifi recht gehabt. Die Sonne hatte den Schnee geschmolzen. Die Nachtluft war kühl, aber man merkte, daß es tagsüber viel wärmer gewesen war. Überall entdeckte ich jetzt grüne Stellen, und als ich Fifi begegnete, hatte sie ihr mageres, zottiges Winterkleid fast abgelegt. Wieder vermißte ich Minna und fragte Fifi nach ihr.

„Ach, die wohnt jetzt da drüben an der Wiese und geht nicht mehr allzuweit von zu Hause fort. Sie hat jetzt nämlich eine eigene Familie.“

Diese Nachricht überraschte mich, obwohl ich es hätte wissen können.

„Das ist ja sehr schön“, sagte ich, und Fifi grinste zustimmend.

Ich hatte mir alles mögliche zu essen zusammengesucht und ging wieder zu Bett. Wie schön mußte es sein, wenn es wieder Nahrung in Hülle und Fülle gab. Mit den jetzigen Mengen würde ich nie über meine Magerkeit hinwegkommen.

Die Nächte vergingen, und immer noch fand ich nichts weiter als hier einen Happen und dort ein Restchen. Jede Nacht konnte ich jedoch eine leichte Verbesserung feststellen, und ich leistete mir die Hoffnung, daß bald genug dasein mochte, damit ich mich satt essen konnte.

Andy kam mich besuchen. Ich freute mich über seinen Anblick. Immer noch hatte er seine piepsige Stimme und seinen stachelbewehrten Pelz, doch er machte nicht den Eindruck, als sei er vom Winter mitgenommen. Er machte sich ein bißchen lustig über mich.

„Meine Güte, Toby, was du an Gewicht verloren hast, bist du länger geworden. Schau dich bloß mal an. Du bist ja fast doppelt so groß."

Bevor er das Thema anschnitt, hatte ich gar nicht darüber nachgedacht, aber plötzlich merkte ich, daß er recht hatte. Ich war gewachsen. Na, bestimmt war ich so groß wie meine Mutter. Ich hätte mir gewünscht, sie wiederzusehen, bloß um ein bißchen anzugeben. Was würde sie wohl von ihrem fast erwachsenen Sohn halten? Ich grinste in mich hinein. Nett, daß es Andy aufgefallen war.

Andy drängte es danach, mir seinen Wald vorzuführen, und deshalb brachen wir nach ein paar Bissen auf.

Für zwei Wesen wie wir, die nicht schnell laufen konnten, war das ein weiter Weg. Kein Wunder, daß Andy nicht so oft vorbeikam.

Wo er lebte, sah der Wald anders aus. Unter den Bäumen dort wuchsen viele Kiefern und Fichten. Die Tiere, die dort lebten, waren anscheinend entweder scheu oder unfreundlich. Man wurde nicht eben häufig durch ein Schwätzchen aufgehalten. Andy kannte manche mit Namen und grüßte bei den Begegnungen. Sie antworteten zwar höflich, gingen uns aber irgendwie aus dem Weg, um uns vorbeizulassen.

Andy hatte seinen Wald sehr gern. Das wurde daran deutlich, wie er mir alles zeigte. Er wies mich auf interessante Stellen hin und erzählte mir mit seiner Quiekstimme, was er darüber wußte. Ich hatte solchen Spaß an seinem Rundgang, daß mir gar nicht auffiel, wie sich der Himmel veränderte. Plötzlich merkten wir beide, daß die Nacht bald vorbei sein mußte. Nach Hause, zur Wunderwiese, war noch ein weiter Weg.

Ich sagte Andy, er brauche nicht mitzukommen, weil es dann für ihn zu spät würde, um wieder in seine Gegend zu gelangen. Eilig verabschiedete ich mich, versprach ein Wiedersehen und brach im Trab nach Hause auf. Vor meiner Ankunft erlebte ich bestimmt noch den Sonnenaufgang. Ich mußte lernen, mich besser nach unserer Monduhr zu richten.

Kapitel 19

Schnell vergingen die Wochen. Jeder Tag brachte mehr Sonne und mehr Grün. Die Luft fühlte sich eindeutig warm an. Die Rotkehlchen erschienen, dann die Krähen, die Enten, Stare und alle Arten von Frühlingsvögeln. Aus den Winterhöhlen kamen die Mütter mit ihren neugeborenen Jungen, die hinter ihnen einherwackelten. Manche Babys waren schon einige Wochen alt und wurden jetzt zu den Ausflügen mitgenommen. Andere waren noch ganz jung, gewöhnten sich aber mit Leichtigkeit an die Sitten des Waldes. Überall wimmelte es von Kaninchenbabys in den verschiedensten Alters- und Entwicklungsstufen. Minna schien mir die stolzeste Mutter des ganzen Waldes zu sein. Sie kam mit ihrem ersten Wurf zu mir herüber. Es war ein überaus niedlicher Haufen, und als sie mir alle vorstellte – drei Mädchen und zwei Jungen –, verbeugten sie sich schüchtern und versteckten sich dann hinter ihrer Mutter oder untereinander.

Bald kamen auch die ersten Ausflügler. Sie machten die Tonnen mit ihren Leckereien nicht gerade voll, doch was sie übrigließen, entlockte uns allen, die den Platz aufsuchten, wahre Freudenschreie. Wir konnten es kaum erwarten, daß sie mit noch mehr Freunden zurückkämen.

Bald war mein Bauch wieder wohlgepolstert. Eigentlich sah ich allmählich ganz stattlich aus. Ich war groß und stark, und seidig glänzte mein Fell, das ich sorgfältig jeden Tag putzte. Man konnte nie wissen, wem man in diesem Wald begegnen konnte!

Ich sollte eigentlich ganz und gar glücklich sein. Die Nachtluft tat gut, Nahrung gab es wieder in Hülle und Fülle, der kleine Bach plätscherte zufrieden auf seinem Lauf zum Teich mit dem Biberdamm, und alle meine Freunde riefen mich an und unterhielten sich mit mir bei jeder Begegnung. Ich war beliebt und lebte in einem guten Land. Ich liebte alles darin, den Wald der Heiterkeit, die Wunderwiese, den Spiegelteich und besonders mein Zuhause im Baumstamm. Doch aus irgendeinem Grunde, den ich nicht kannte, bohrte in mir eine tiefe Ruhelosigkeit.

Ich nahm mir vor, mehr herumzukommen. Bei Einbruch der Nacht wollte ich zum Teich eilen und trinken, alles begrüßen, was ich in der Eile traf, aber kein Schwätzchen halten und dann eine Mahlzeit am Picknickplatz hinunterschlingen. Mittlerweile gab es selten eine Enttäuschung. Manche Ausflügler kamen fast jeden Tag in die Gegend. Sollte sich dort nichts finden, gab es immer noch im Wald oder auf der Wiese eine gute Auswahl. Man mußte nur ein wenig länger suchen, das war alles.

Nach dem Frühstück lief ich meiner Nase nach, wohin der Nachtwind mich gerade führte.

Eines Nachts ging mein Ausflug über die Wiese auf ein Feld dahinter. Ich stürmte dahin, ohne eigentlich auf die Richtung zu achten, und dachte an etwas anderes. Da schaute ich auf und sah ein junges Reh direkt vor mir. Höflich murmelte ich „Hallo“ und wollte wieder los; da hörte ich, wie leise mein Name genannt wurde.

Ich blickte genauer hin. Irgend etwas an diesem graziösen, jungen Reh kam mir bekannt vor.

„Erkennst du mich nicht mehr?“ fragte sie sanft. Im gleichen Augenblick fiel es mir wie Schuppen von den Augen. Es war Cassandra. Wie schön sie war! Sie hatte fast die Größe ihrer Mutter erreicht und bewegte sich mit besonderer Eleganz und Schönheit, selbst für ein Reh.

„Du bist so schön“, sagte ich ganz ehrfürchtig. Ich kam mir etwas dumm vor und fuhr eilig fort: „Ich meine… ich meine,

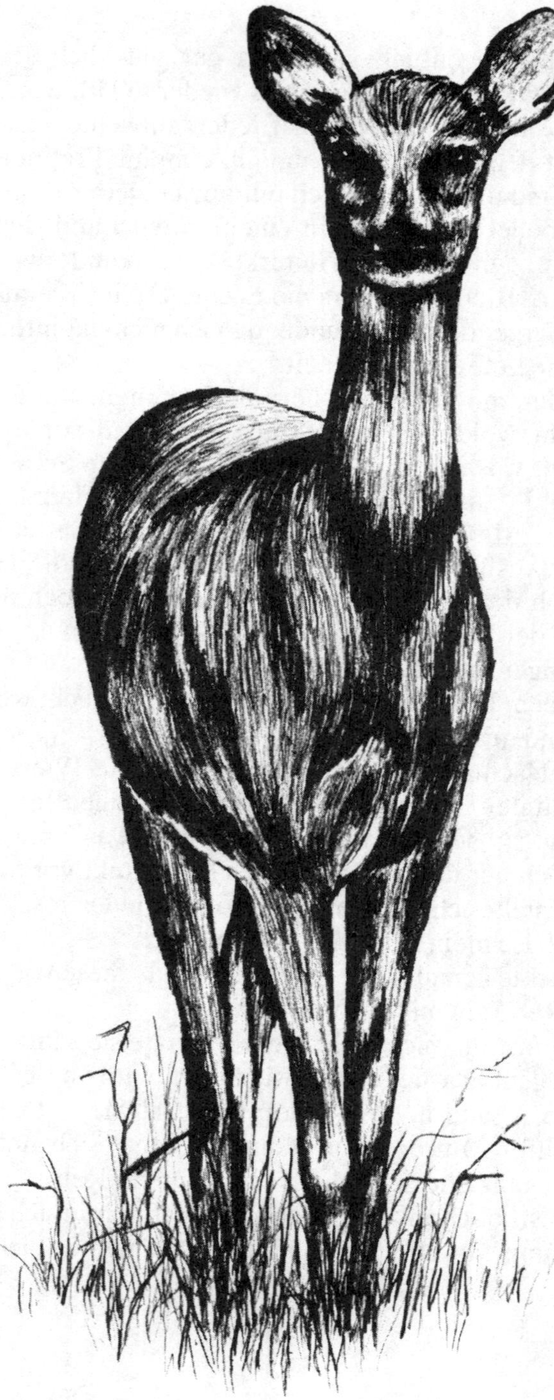

du bist so erwachsen geworden. Beinahe ganz erwachsen. Wie geht es dir? Und deiner Mutter?"

Sie lachte leise: „Ach, danke, Toby. Du bist ja selbst erwachsen. Ich hab' dich kaum erkannt. Sieh dich nur an!"

Ich wurde ein wenig verlegen. Cassandra sprach weiter: „Mutter geht es gut. Sie äst drüben bei der Herde, auf der anderen Seite des Hügels. Im Wald sind noch andere Rehe." Diesmal wurde Cassandra verlegen, und ich fragte mich, wer eigentlich diese anderen Rehe waren und was Cassandra von ihnen hielt.

„Ein Kavalier?" fragte ich neckend, doch Cassandra lachte nur leise und silbrig, was sie um so schöner machte.

„Ich muß gehen", sagte sie. „Mutter fragt sich bestimmt, wo ich bleibe. Es war schön, dich zu treffen, Toby."

Wir verabschiedeten uns, und Cassandra entfernte sich anmutig. Ich sah ihr nach und machte mir Gedanken über die Veränderungen, die in den letzten Monaten an uns beiden geschehen waren.

Überall um mich herum hatte ich Veränderungen erlebt. Noch hatte ich sie gar nicht wirklich erfaßt, fürchte ich. Wir alle – Cassandra, Minna, Fifi, ich und bestimmt viele andere junge Wesen im Walde – waren in diesen Monaten erwachsen geworden. Vielleicht empfand ich deshalb diese Unruhe. Vielleicht gehörte sie zum Erwachsenwerden.

Ich ging weiter. Noch suchte ich – wonach eigentlich? Vielleicht nach Abenteuern... nach etwas Aufregendem... nach meiner Familie. Plötzlich schien es mir sehr bedeutsam zu sein, daß ich anscheinend der einzige Skunk im ganzen Walde war. Danach suchte ich! Andere Artgenossen! Selbst unter Freunden fühlte ich mich einsam.

Es drängte mich weiter. Jetzt, da ich wußte, wonach ich suchte, mußte es doch leichter sein, das Gesuchte zu finden.

Trotzdem fand ich keinen anderen Skunk. Bald wurde mir klar, daß ich nach Hause eilen und schlafen gehen mußte.

Am Abend danach aß ich hastig, trank und brach in eine andere Richtung auf. Nacht für Nacht suchte und hoffte ich.

Gegen Morgen gab ich auf und schlug den Weg zu meinem Bett ein, enttäuscht und entmutigt. Es gab einfach keine anderen Skunks in unserem Wald. Vielleicht mußte ich weiterziehen – den Teich, die Wiese, den Picknickplatz, den Wald, mein Zuhause im Baumstamm und alle meine Freunde zurücklassen – und mich in neue Wälder begeben, wo vielleicht Artgenossen zu finden waren. Ich faßte diesen Gedanken ungern und erzählte niemandem davon, doch allmählich beschäftigte er mich mehr.

Ich suchte Andy auf. Vielleicht hatte er in seiner Waldgegend Skunks getroffen. Es war nicht leicht, ihn zu finden. Als es endlich soweit war, begrüßte er mich fröhlich quiekend und kam aus seinem Baum heraus.

„Hätte nicht gedacht, dich hier zu treffen", sagte er. „Dachte, du wärst viel zu beschäftigt mit all den guten Dingen zum Essen."

Ich klopfte mir meinen prallen Bauch und grinste Andy an.

„Ach, das habe ich schon hinter mir", machte ich ihm klar. „Aber man kann ja nicht die ganze Zeit nur essen."

Andy lachte mit lustigem Quieken. „Ich könnte schon", meinte er. „Es dauert bei mir so lange, bis ich satt bin, und dann wird es Zeit, von vorn anzufangen."

Wir schwatzten ein Weilchen. Erst dann faßte ich Mut und fragte Andy, was ich mir zu fragen vorgenommen hatte.

„Hast du schon mal Skunks in dieser Gegend gesehen, Andy?"

Ich wollte mir nicht anmerken lassen, wie wichtig mir die Antwort war.

Andy gab sofort zurück: „Wieso? Ärgert dich einer? Will er dir dein Gebiet streitig machen?"

Tiere machen sich immer viele Gedanken über ihr Gebiet. Aber hier konnte ich Andy sofort beruhigen.

„Oh nein. Nein, das nun wirklich nicht. Mir scheint nur, ich bin der einzige Skunk in der ganzen Gegend, und ich... na... ich wäre froh, wenn ich mein Gebiet mit jemandem *teilen* könnte. Ich würde gern ein paar Artgenossen kennenlernen. Ich weiß doch nicht einmal, wo meine eigene Familie ist. Ich habe doch seit dem Tag, da ich von zu Hause fort bin, noch nie mit einem anderen Skunk geredet – und außerdem bin ich nicht freiwillig fortgegangen."

Andy nahm sich Zeit zum Nachdenken.

„Nein", sagte er dann. „Ich glaube, ich hab' keinen gesehen. Hab' noch nie drüber nachgedacht, aber ich schätze, du bist der einzige Skunk in dieser Gegend."

Wir redeten noch flüchtig über andere Dinge, und dann brach ich wieder nach Hause auf und ließ Andy zu seinem Essen zurückkehren.

Auf dem ganzen Nachhauseweg dachte ich über mein Problem nach. Sah ganz danach aus, daß ich den Wald der Heiterkeit verlassen mußte.

Ich verkroch mich in mein Bett und rollte mich ein. Was für ein schlimmer Gedanke, mein schönes, warmes Zuhause zu verlassen. Ob ich wohl wieder solche Freunde fand, die so gut zu mir waren? Ob es wohl so eine Gegend noch einmal gab, wo man so ideal leben konnte? War es wirklich so wichtig, bei den eigenen Artgenossen zu leben, daß ich dafür alles verlassen mußte, was ich hatte, nur um einen anderen Skunk zu finden? Vielleicht ja nicht. Am nächsten Abend wollte ich tiefer darüber nachsinnen. Wenigstens sollte ich zuerst alles sorgfältig überdenken, wenn ich wirklich gehen wollte. Dann war ich des Problems müde und schlief ein.

Kapitel 20

Am nächsten Abend kroch ich aus meinem Bett, streckte mich, um die Muskeln geschmeidig zu machen, und trabte von meinem Baumstamm los. Ich sog kräftig die saubere, frische Luft ein. Ich liebte mein Zuhause und die ganze Umgebung. Erst einmal wollte ich alles voll genießen.

Unterwegs traf ich Fifi mit ihrer neuen Familie. Während unserer ganzen Unterhaltung über das Neueste aus der Nachbarschaft warf sie einen Blick auf ihren Nachwuchs. Ich brauchte nicht mehr zu hetzen wie neulich, sondern nahm mir reichlich Zeit für ein nettes Gespräch.

Als ich mich schließlich zum Teich aufmachte, ließ ich mir auch da Zeit. Congo, der große Waschbär, fischte fleißig, und das dauerte sogar noch länger und erforderte mehr Geduld als die Froschjagd. Ich wartete schweigend und sah ihm zu. Ich wollte ihm sein Frühstück nicht verschrecken. Schließlich schleuderte er einen ziemlich mickerigen Fisch ans Ufer, und ich konnte ans Trinken denken. Anerkennend nickte er mir zu und ging mit seinem Frühstück weiter.

Ich verbrachte ein paar Minuten bei den Bibern. Joe und seine Frau zeigten stolzgeschwellt ihre beiden jüngsten Babys her. Die Babys konnten schon schwimmen, als seien sie im Wasser geboren – und so war es ja auch. Ich lächelte und fand Lobesworte für die Kleinen. Schließlich machte ich mich wieder auf.

Am Picknickplatz war viel los. Ein Opossum stand balancierend auf einem Tonnenrand, während es im Inneren herumstöberte und nach den erlesensten Bissen suchte. Frau Schwarzbär war zurück. Zwei neue Junge hefteten sich stets an ihre Füße und kugelten und schubsten einander jedesmal, wenn sie gerade nicht hinschaute. Offensichtlich war es ihnen ziemlich schnuppe, woher die nächste Mahlzeit kommen sollte. Ein kleiner Waschbär, den ich noch nie gesehen hatte, schnüffelte unter dem Tisch, und seine zufriedenen Grunzer verrieten, daß er etwas nach seinem Gefallen gefunden hatte.

Ich trat langsam auf die Lichtung, und Mutter Bär rief ihre Jungen zu sich. Sie schickte sich nicht an, die Lichtung zu verlassen, achtete aber darauf, daß ihre beiden Streuner ihr zur Seite blieben.

Ich suchte mir eine verlassene Tonne aus und fing an, mir mein Frühstück zusammenzustellen. Wie schön, wenn man wählerisch sein konnte.

„Wenn ich umziehe“, machte ich mir klar, „habe ich vielleicht keinen Picknickplatz mehr in der Nähe.“ Auch andere Tiere hatte ich schon über den besonderen Vorteil reden hören, den das Picknickgelände der Gemeinschaft gebracht hatte. Die Jagd nach Nahrung war nicht immer so einfach gewesen. Bald hatte ich alles verschlungen, was mir gefiel, und die Nacht war noch nicht alt. Ich entschloß mich zu einem Spaziergang zur Wiese, bevor ich mich zurückziehen wollte. Hoffentlich traf ich dort auch einige Freunde.

Überall, beim Gehen und Stehen, dachte ich an mein Problem. Was sollte ich nur machen? Tief in Gedanken schlenderte ich so entlang, als sich eine tiefe Stimme über mir hören ließ: „Guten Abend.“

Ich schaute auf. Auf einem Ast über meinem Kopf saß Frau Eule.

„Guten Abend“, gab ich zurück. „Tut mir leid. Ich hab’ dich nicht gesehen.“

„Habe ich schon gemerkt“, sagte die Eule. „Du bist mit deinen Gedanken ganz woanders. Hast du was auf dem Herzen?“

Ich lächelte. „Na ja, ich fürchte schon."

Als ich nicht weiterredete, ließ sich die Eule wieder hören. „Kann ich dir irgendwie dabei helfen?"

„Ich bin mir nicht sicher... es ist nur... ach..." Ich konnte es nicht richtig zur Sprache bringen. „Tja... ich habe nachgedacht. Du bist doch nicht die einzige Eule im Wald, oder?"

„Nein, aber was –"

„Und außerdem gibt es ein paar Rehe, einige Biber, viele Kaninchen und sogar mehr als ein Opossum und Waschbären; und ich habe so viele Eichhörnchen gesehen, selbst wenn sie Tagtiere sind und ich ein Nachttier... und –"

„Du", sagte Frau Eule, „mach mal etwas langsamer. Ich kann dir nicht folgen."

„Ach... es ist nur... alle diese Tiere haben eine Familie, und, na ja... hast du schon mal einen anderen Skunk in diesem Wald gesehen?"

„Aha", sagte die Eule. „Ich verstehe." Einen Augenblick lang verharrte sie ruhig. „Du hast recht. Ich glaube, einen Skunk habe ich noch nie in unserem Wald gesehen. Ich habe mir keine Gedanken darüber gemacht..."

„Ich schon", sagte ich ziemlich heftig. „Ich muß die ganze Zeit daran denken. Weißt du, wie es ist, wenn man ganz allein ist? Ich meine, ganz ohne einen Artgenossen?"

„Ziemlich einsam, kann ich mir vorstellen."

„Darauf kannst du dich verlassen. Und dann... Ich weiß einfach nicht, was ich bei alledem machen soll."

„Machen?" fragte die Eule. „Wie meinst du das? Was willst du denn da *machen*?"

„Weiß ich nicht genau. Ich hab' versucht, darüber nachzudenken. Ich kann entweder hierbleiben, ganz allein, oder ich kann in eine andere Gegend umziehen und vielleicht einen Artgenossen finden."

„Verstehe." Die Eule machte die Augen auf und zu. „Wir würden dich sehr ungern gehen lassen, Toby."

„Ich würde auch nicht gern gehen", sagte ich, und als ich es sagte, war mir klar, was das hieß.

„Also?“ fragte die Eule. „Welche Pläne hast du?“

„Ich weiß nicht. Ich weiß es einfach nicht. Ich würde überhaupt nicht gern gehen. Ich finde es hier so schön mit allen meinen Freunden. Aber die Einsamkeit!“

„Da hast du wirklich ein Problem“, sagte die Eule.

„Was meinst *du* denn? Was soll ich tun?“ fragte ich sie. Hoffentlich war sie klüger als ich.

„Nun, das ist eine schwere Entscheidung.“

Man konnte förmlich sehen, wie sie nachdachte. Also wartete ich geduldig. Sie klapperte mit ihrem Schnabel, blinzelte und dachte ernsthaft nach. Schließlich sprach sie.

„Ich finde“, sagte sie, „daß du nichts übereilen solltest. Eine solche Entscheidung, von zu Hause wegzuziehen, sollte man sich nicht leicht machen. Das muß sorgfältig bedacht werden. Du solltest dir wenigstens sieben Monate Zeit lassen, darüber nachzudenken, und dann machen, was du für das Beste hältst. In der Zwischenzeit solltest du dich mit deinen Freunden im Wald vergnügen und dich an deinem Zuhause freuen.“

Ich grinste.

„Ungefähr so habe ich mich auch entschieden“, sagte ich zur Eule.

„Dann bist du ein sehr kluger Skunk“, versicherte mir die Eule. „Du hattest schon deine Antwort, und ich glaube, es war eine gute.“

„Eigentlich noch nicht“, mußte ich richtigstellen. „Ich hatte es eigentlich noch nicht so gut durchdacht, es war nur... ich habe eher danach *gehandelt*.“

„Gut so“, sagte die Eule. „Unsere Gedanken sollten Taten bewirken.“

Eine andere Eule schrie durch den Wald, und die auf dem Baum lächelte.

„Ich muß los“, sagte sie. „Herr Eule ruft. Meine Güte. Ich weiß nicht, Toby, ob du wirklich eine Familie gründen solltest oder nicht. Herr Eule und ich haben für nichts mehr Zeit, als die hungrigen Schnäbel unserer Jüngsten zu stopfen.“

Kichernd verließ sie mich, und ich eilte den Weg zur Wiese entlang. Frau Eule hatte recht. Ich wollte ernsthaft darüber nachdenken, bevor ich fortzog. Sieben Monate konnte ich die Einsamkeit wohl noch ertragen.

Ich war bei der Wiese angekommen und untersuchte einen verrotteten Baumstamm, als ich auf eine Bewegung ganz in der Nähe aufmerksam wurde. Schnell sah ich auf und trat leise in den Schatten zurück. Meine Augen bohrten sich durch das schwache Licht, und ich sah die Wiesengräser leicht schwanken, weil ein Tier leise vorbeizog. Dann, zu meinem größten Erstaunen, ja, zu meiner Freude, trat ein Skunk in das Mondlicht! Ich stand wie gebannt und wollte meinen Augen nicht trauen!

Als ich mich schließlich überzeugt hatte, daß ich wirklich kein Phantasiegebilde sah, trat ich vor, sehr beherrscht, damit ich nicht einen zu neugierigen Eindruck machte.

„Hallo“, sagte ich, und meine Stimme mußte sehr erregt geklungen haben.

„Hallo“, gab sie zurück, zögernd, schüchtern.

„Du bist wohl neu hier?“

„Bin ich in deinem Gebiet?“ fragte sie, und es klang wie eine Entschuldigung.

„Oh nein. Ich meine, ja, doch. Aber das macht nichts. Ich meine, ich hab’ mir schon immer gewünscht...“ Wie sollte ich es sagen? Ich kam mir so dumm vor. „Was ich meine, ist... es gibt hier genug Platz für mehr als einen.“

„Wirklich?“

„Wirklich“, fuhr ich schnell fort. „Woher bist du? Ich meine, kannst du hierbleiben, oder will deine Familie...?“

„Meine Familie wohnt hinter dem Feld und dem Hügel. Es gibt da in der Gegend zu viele von uns, und Mutter hat uns gesagt, daß es Zeit für uns wird, auf eigenen Füßen zu stehen – uns unser eigenes Gebiet zu suchen –, aber sie warnte uns davor, jemand anderem in die Quere zu kommen. Wenn ich also...“

„Aber nein, nein. Es gibt hier doch genug, und ich bin ganz allein. Ich will gern teilen – wirklich."

Der Gedanke, sie würde weiterziehen, ohne daß ich auch nur die Chance hätte, ihre Bekanntschaft zu machen, erschreckte mich. „Wirklich", betonte ich. „Bitte, du kannst gern bleiben."

„Na ja", sagte sie langsam, „wenn du meinst."

„Das meine ich, wirklich!"

Ich holte tief Luft.

„Ich heiße Toby", teilte ich ihr mit. Hoffentlich sagte sie mir auch ihren Namen. Sie tat es.

„Ich heiße Silvia", sagte sie und senkte ihren Blick.

Was für ein hübsches kleines Ding sie ist, dachte ich. Ich hatte plötzlich das Gefühl, sie beschützen und für sie sorgen zu müssen.

„Hast du schon gegessen?"

„Ein bißchen", sagte sie, und es hörte sich verlegen und entschuldigend an. „Ich fürchte, ich kann noch nicht sehr gut auf eigene Faust jagen."

„Na, dann komm mit." Das klang vielleicht etwas angeberisch. „Ich kenn' mich ja hier aus."

Ich führte sie zum Picknickplatz, und sie quietschte vor Vergnügen, als sie all die guten Sachen da entdeckte. Sie aß anmutig, doch bestimmt war sie sehr hungrig.

Als sie fertig war, nahm ich sie zum Teich mit. Ich hätte gern alle meine Freunde herbeigerufen und sie ihnen vorgeführt, aber ich wußte nicht recht, ob das schon das richtige war.

Als sie sich satt gegessen und getrunken hatte, wandte sie sich an mich.

„Herzlichen Dank", sagte sie. „Du warst wirklich nett. Ich weiß das sehr zu schätzen. Jetzt darf ich dich nicht länger aufhalten. Wenn du sicher bist, ganz sicher, daß ich mich auf deinem Gebiet nicht zu breitmache, dann würde ich gern in dieser Gegend bleiben. Wenn ich dich belästige, dann mußt du das sagen… bitte."

„Nein. Keine Belästigung... wirklich nicht...", stotterte ich.

Sie lächelte. „Dann muß ich jetzt gehen und schauen, daß ich vor Sonnenaufgang ein Zuhause finde –"

„Aber ich hatte gehofft", unterbrach ich sie, „das heißt... schau mal... ich war der einzige Skunk hier weit und breit... und ich war so einsam... wirklich einsam... und nun... ich war so froh, eine von meiner Art zu treffen... und ich hab' mir irgendwie vorgestellt, daß... na ja... wir könnten eine Familie gründen... ich meine, wenn du nichts dagegen hast. Ich kenn' jetzt die ganze Gegend – wo Wasser zu finden ist, Nahrung. Und ich habe schon ein Zuhause, ein tolles, alles trocken und kuschelig und sogar mit Federn ausgelegt und..."

Ich mußte Luft holen. Sie lächelte wieder. Ach, wie hübsch sie beim Lächeln aussah.

„Meinst du wirklich?" fragte sie unschlüssig.

„Ja, bestimmt. Ich meine, ich bin ganz sicher. Ich hab' doch schon gedacht, ich müßte all das hier aufgeben – diesen Wald, den Teich, den Picknickplatz, mein Zuhause, alles – nur um mir eine Familie zu suchen. Bitte..."

„Das wäre schön. Ich habe meine Familie vermißt." Sie lächelte wieder, und ich dachte, ich hätte winzige Tränen in ihren Augen entdeckt.

„Also abgemacht", sagte ich sehr entschlossen. Dann machte ich meinen verborgenen Gefühlen Luft.

„Toll!" schrie ich. „Toll!"

Ich ging nach Hause voran. Meine Brust war stolzgeschwellt. Ich war glücklich. Ich brauchte überhaupt nicht umzuziehen. Ich konnte mit Silvia all die guten Dinge aus dem Wald der Heiterkeit teilen.

Als wir auf unser Heim stießen, lugte schon die Morgensonne über den Horizont. Doch so wie mein Lächeln konnte sie nicht strahlen.

Janette Oke
Spankys Tagebuch
Best.-Nr. 3021 106 Seiten

Die bekannte Bestsellerautorin verfügt über die Begabung, in lustigen und lehrreichen Geschichten, den Kindern anschaulich Begebenheiten des täglichen Lebens und biblische Wahrheiten zu vermitteln. In Spankys Tagebuch lernen die Kinder durch die lustigen Abenteuer eines kleinen Hundes kennen, was Schule ist, wie es auf einem Bauernhof zugeht, usw.
JM ab 6 Jahren

Irene Way
Das abgestürzte Flugzeug
Best.-Nr. 3003 95 Seiten

Julian verbringt seine Ferien bei Familie Dawson in Brasilien. Dr. Dawson ist Arzt in einem Urwaldgebiet. Julians Eltern sind nach einem Flugzeugabsturz in der Nähe des Amazonas verschwunden. Suchtrupps fanden keine Spur des Wracks und stellten die Suche ein. Julian entschließt sich, auf eigene Faust nach ihnen zu suchen.

Constance Shaw
Die geheimnisvolle Gesellschaft
Best.-Nr. 3005 112 Seiten

Richard, Rosalyn, John und Ann sind ein unzertrennliches Quartett. Sie haben manchen Spaß miteinander. Als sie ihre geheime Gesellschaft, die BUGS gründen, beginnt ein unerwartetes Abenteuer. Wer ist dieser Spion, der sie beobachtet und dann hinter den Büschen verschwindet?

Eleanor Watkins

Richard und der eigenartige Fuchs

Best.-Nr. 3009 130 Seiten

So etwas hatten sie noch nie erlebt: Wind und Schnee, und das Tag und Nacht, solange bis die Farm mit ihren Bewohnern völlig eingeschneit ist. Auch für die wilden Tiere ist es ein harter Winter, besonders für die rote Füchsin, die verzweifelt um Nahrung für ihre Jungen kämpft. Zwischen Richard und ihr beginnt eine seltsame Beziehung.

Margit Thomas

Das alternative Bastelbuch für Kinder

Best.-Nr. 16150 96 Seiten

Reihe „aktiv & kreativ“ Band 1

Das Buch ist der erste Titel der neuen Reihe „aktiv & kreativ“. Dieses Bastelbuch ist deshalb alternativ, weil es erstens auf Original Umweltschutzpapier gedruckt wurde und zweitens viele Wegwerfartikel aus dem Haushalt als Basismaterial verwendet werden.

Margit Thomas

Kinder in der Küche – Tips + Rezepte

Best.-Nr. 16151 96 Seiten

Reihe „aktiv & kreativ“ Band 2

Dieses Buch ist mehr als nur ein Kochbuch für Kinder. Es gibt auch Anregungen für die praktische Mithilfe der Kinder im Haushalt. So lernen sie neben dem Spaß beim Kochen und Backen auch Verantwortung zu tragen. Spielerisch wird ihr Selbstwertgefühl gesteigert.